梧桐自语

任　勇／著

山西出版传媒集团　北岳文艺出版社

·太原·

小的时候，我只是单纯地搬运文字，砌垒文字。每每看到华美的古籍经典、诗词歌赋，我纳闷同样都是搬运，都是砌垒，效果和境界为何天壤之别。长大之后，我发现所谓的文字堆砌游戏里存在着许多规则，还需要自己的感悟和把控，而且自己的感悟和把控所发挥的作用会胜过游戏的规则。再到后来我渐渐地明白，所谓文字王国，无非两层意思，一是思想和情感，二是表达。所谓表达，是码出来，是道出来。码出来，便是写作，或小说或散文或其他；道出来，便是说与唱。说，就是生活，唱，便是高于生活的诗歌。

我愿意在生活里歌唱，唱生活的色彩和温度，唱生活的潮湿和烟火。我相信老祖先发明文字，是为了记录，也是为了歌唱。正是因为有了第一首歌，第二、三首歌，才渐渐有了文字游戏，才有了今天丰富多彩、一浪高过一浪的文学潮流。

我相信，大凡留意过梧桐树的眼睛，一定为它勇于一层一层剥开自己的皮肤，袒露其胸怀，而感动伤神。而我的《梧桐自语》有两只脚，亦有两个翅膀。两只脚踏在土地上，走在人世间，经历雨雪风霜，在丈量和攀爬中体会温暖，体会力量；两个翅膀扇动起来，可以把我的身躯和灵魂浮起来，飞起来，在跃跃欲试中得到升华，得到保佑。我自认为，关于诗歌，我只是一位渡客。我相信，人这一辈子，就是经历苦难，这是天意。天意不可违，可违的是感悟。同样都是苦难，你可以沉没在苦难的沼泽里，也可以在这沼泽里提炼思想，寻找彩虹，酿造美酒。从苦难的这边，渡到快乐的彼岸，诗歌就是那艘感悟的船，我愿意，用我一生的狂热和爱搭上这艘船。

我写诗，不为难自己，只有两个标准。其一标准不高，写诗为了丰富自己，陶冶自己；其二标准就更低，至少不能传递负能量给他人。至于读者朋友们的思想、情感和认知，是否可以随着我《梧桐自语》放飞的风筝，荡漾起来，见证风的魔力，我不敢保证。但是，当我的风筝渐渐收回的时候，我的心却永远难以收回，这一点，我无怨无悔。

是为序。

任勇

目录

彼此一隅

庚子年

二十四节气歌

平城遗梦

生命季

花中桃与菊

桃花与菊花
从来没有见过面
她们只是在歌曲里神交
在惦记中拥抱
在岁月的折磨里传递坚强

桃花的眼泪
有一些是为菊花写下的诗歌
菊花金色的绽放
那是顶风沐霜的骨气
哪怕去迎接更加寒冷的冬天

菊花的笑容
有一幅是为桃花素描的肖像
桃花娇美的脸庞
那是来自春寒的爆发
却可以在期待中感受爱情的温度

再别鼓楼

因为记忆里有一座鼓楼
家乡的概念才清晰
鼓楼在暮色里没有击鼓
却有无数的燕子
用歌声书写快乐，书写烦恼
书写千万次的离别和相聚

鼓楼的过去，只是过去的那一部分
每一次回首
它都山一样巍峨
还有许多故事在未来等待
每一次出发
它都相送，默默无语

鼓楼的思想和情感
没有过爆发
只有燕子一声声地歌唱
带着它的感悟
完成直插云霄，或者是
掠过地面的飞翔

你的圣诞

你不信
孩子们的圣诞
是从烟囱里的神话开始
天使，难道也会从那里降临

你信吗
老人们的圣诞
是从一只烤鸡说起
鸡怎么想的，根本不用考虑

你知道
西方人的圣诞
是从信仰开始的一场狂欢
纵使老人的须全都是白絮一团

你不知道
东方人的圣诞
是从一棵树点燃
一直到咖啡馆、餐馆和商厦的失眠

我告诉你
我的圣诞
是从浮尘里通过
用诗和远方构思一个冬日里的春天

你告诉我
你的圣诞
是从孩子的眼睛里弹起
在父辈们的感叹中轻轻落下

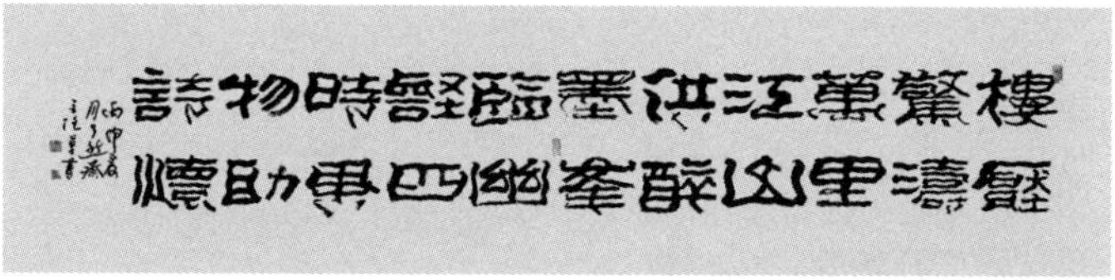

早晨

西山说，早晨
从太阳在东山坳露出笑脸开始
沙滩说，早晨
从太阳红红地把大海唤醒开始

乡下说，早晨
从公鸡第一声打鸣开始
老农说，公鸡死了怎么办
老农还说，天阴下雨
公鸡忘记了打鸣怎么说
如果有周扒皮，半夜鸡叫怎么说

都市说，早晨
从一顿急匆匆的早餐开始
建筑工人说，早晨
是吊车吊起来的
送菜大嫂说，早晨
是农运车从田间地头拉来的
环卫工说，每天四点起床

马路上的早晨是最早的
大妈说，跳广场舞的姐妹
比太阳起床都规律
学子说，太阳还没出来
闹铃就让我起床就背单词了
作家说，一夜写作
任务完成了，我也该困了

黑夜说，早晨
一定从我下班开始
早晨憨憨得笑红了半边脸
它说，你们的讨论
我都听到了
不要问我，我说了不算
大家各自活好自己
你们怎么合适，我就怎么开始

彼此一隅

城市里的每个人
都有属于自己的一隅
都有属于自己的喜怒哀乐
彼此彼此

遇见他的你和我
都在各自的角落打拼
天上掉下的馅饼从不砸到我们
彼此彼此

你坐你的代步车，我走我的林荫路
只要你从车上下来
我们就只能拥有脚下的地盘
彼此彼此

如果有缘相识
听一听街上的小曲
品一杯浓浓的夜茗，或者是小烧
说一说你的快乐

倒一倒我的烦恼
彼此彼此

城市的夜
是激情和悠闲装点的灯
每一次闪烁，都诡异着每一个人
你高贵也罢，平凡也罢
你老翁也好，美女也好
都不必计较，也无处躲藏
彼此彼此

你困了
我也有些累
彼此彼此

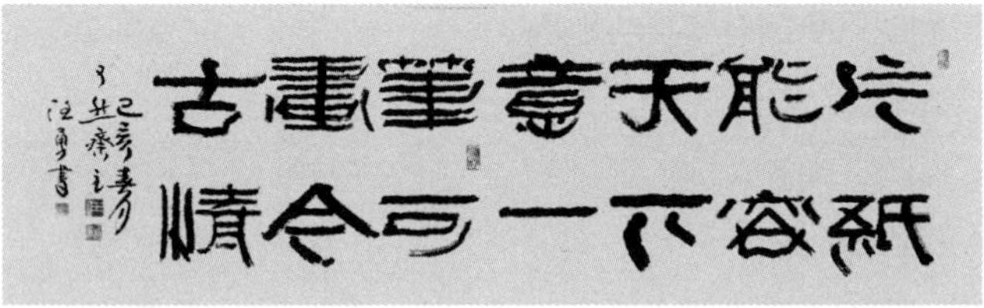

古城，我的寄托

那年，父亲说
似乎可以把天上的云彩撕下一块
用来擦拭“文革”留下的灰尘
我的出生，伴随着一场巨变
改革开放开始了，变迁就发生在
身边，每个街头，每个矿山
每个人的思想，都经历着
经历着一次疾风骤雨的冲刷
古城，我的摇篮
在震荡中获得重生
在重生中跌跌撞撞向前

从儿少到青年，我的古城
与之命运相伴的是来自地下的宝藏
所有的人，血红了眼睛
把金钱、事业、家庭和幸福
都与这黑色的宝藏，一起
押在了巨大的赌桌之上
于是，古城披上了黑色纱幔

就如同俄罗斯小伙用八抬大轿
迎娶了一位来自非洲的妖魔
一时间，煤老板肥大的身躯
摇身一变，成为古城一张畸形的名片

然而点钞票的手，在颤抖
从发财美梦里惊醒的大脑，在淌血
绵绵不断的土长城昂首期盼
微笑千年的云冈大佛，羞于睁开双眼
古城从何处来
古城向何处去，谁能
谁能把答案化作彩虹一道又一道
点燃未来，点燃一代接一代的征程
照亮祖先走过的山路漫漫
古城，在思索中低下沉重的头颅
古城的儿女在奋发中攥紧双拳

跨世纪的钟声，终于敲响
我的古城在钟声里走出了迷茫的大漠
注入绿色的血液，丢下金色的虚幻，
扯起一网迷人的大同蓝
召唤古老的山川，唤醒古老的城池
借一把千年遗风，跃马扬鞭

追赶未来放飞的风筝
我不能，卷缩在鸟巢
我要化作白云，系在古城上边
当她疲惫的时候
坚守着她，为她洒下甘甜

我的香港梦

少年时期
香港就是一个梦
一个灯红酒绿下的列强嘴脸
白昼如同黑夜
阳光只是罪恶的伞
月亮好比带血的金钱

到了青年
香港依然是一个梦
李小龙的拳头，划过太平洋
黑老大的牙齿衔着整个维多利亚海湾
打工仔酣睡之处
却在贝壳与鹅卵之间

九七盛夏
香港还是一个梦
一个失踪已久的孩子
穿金戴银，拥抱白发母亲
眼泪如雨浇灌荆棘花开

原来，自强的孩子一直就在身边

世纪跨年
香港大梦初醒
我出现在梦里见过的地方
诺大的东方明珠只是一个方桌
我来作客，他也作客
你点一个燕窝，我点一个螃蟹

二零一七
我又梦到香港
他是多年不见为生活打拼的老哥
互述衷肠，把酒言欢
不求功利，只求老去时我心有你你心有我
不为酩酊，只为当初一句诺言

李二口

三晋最北端
离草原最近的地方
有一段长城
叫李二口
有进的口，亦有出的口
几千年的故事
在这里似乎还没有讲完
除了铁马和硝烟
仿佛更多的是商人的驼队
还有迎娶新嫁娘的花轿和唢呐
这是远方的融入和拉近
融入内地，融入大漠
拉近伦理，拉近艺术
然后进入最为灿烂的世界
给未来点一把篝火

草原在空中

把草原搬到空中
这里是离太阳最近的地方
土地被放羊娃的歌
烤成红色
然后蘸着彩虹
把草，一根一根地染
一根一根地勾勒

她在

中秋夜
把窗帘拉开
满怀期待去赏月
然而窗外乌云密布
细雨蒙蒙，我失望了
一颗浪漫的心蒙上了阴影
其实她在
只是在遥远的距离中
弥漫了太多的云雾
太多的不如意

我在约好的路灯下
等待一场美妙的约会
手里的花朵数了又数
都是九十九朵玫瑰
然而她没有来
我沮丧了，为了马克憔悴的心
其实她在
她也为了这份无奈

品尝孤独，悔恨生活为何
会出现这么多的突然
就像流星，一闪而过

我在奔驰的车上
看到一只美丽的鹿
就如爱人一样牵动了我的心
在梦里无数次地见到
那欢快的身影
于是我毅然重返故地
猎户带我穿过森林
跨过小河
我见到了许多小鹿
然而唯独没有她
其实她在
只是命里注定了
她只属于森林，属于小河
那天的一闪而过
对我来讲已经就是苍天有眼

小铺

退休之后的我，居然
有一次以诗歌为代步的寻梦之旅
寻那个叫作小铺的农场
还有一大帮小小子，小姑娘

怎么也想不起来
小铺的大庙前有几间房
喳喳叫的喜鹊，它还在吗
我十三岁的记忆应该在哪一间安放

怎么也无法还原
一条热乎乎的炕上，有几个鬼故事
待到天完全亮了
有的人还在说，它真的很像

少年的阳光、无畏、懵懂和天真
在梦里一杯一杯独酌
故事都在梦里经过了几十年发酵
没有勾兑，只有陈酿

然而小铺还在，梦还在
大庙没了，农场没了，芳华没了
故事里的主人翁
只能在满脸的沟壑里牧羊，歌唱

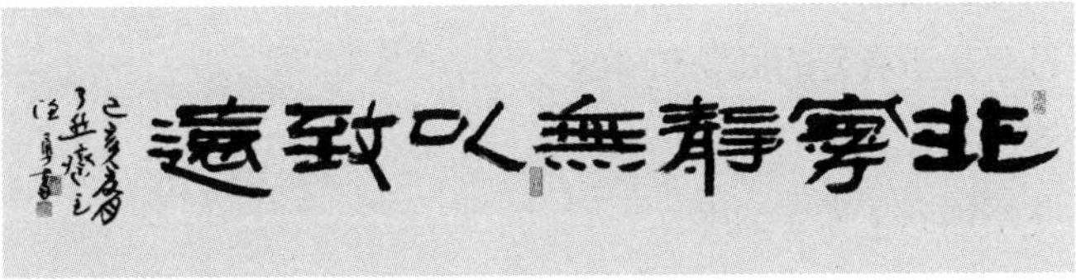

花塔之雨

花是什么
那是美好的绽放
塔是什么
那是慈悲的提升
花塔又是什么
几乎是所有爱的爆发和攀缘
这一天
花塔遇到了霏霏细雨
就如同
诗歌遇到了琴棋书画
就好比
爱情遇到了缠缠绵绵
怎么办
携带着所有的爱和爱你的人
亲近土地，回归自然
酣畅淋漓

问夜

你来，月也来
你去，月也去
我问，她也在月下

你说，她也在月下
我去，月也去
我走，月也走

土林

在一起，相互欣赏
不需要握手，也不需要拥抱
我拥有你，你拥有我

在一起，举起拳头鼓劲
只为一句不离不弃的承诺
我守着你，你守着我

在一起，用眼神沟通
一万年算什么，再来一万年
我看着你，你看着我

留守

不知何时起，这里
只有老者的眼神
还有儿童无拘无束的笑声
期待，就像那个
被乌云遮住的太阳
暖暖的，然而是灰灰的
就像从树枝上落下的秋叶
红得耀眼，却美得无牵无挂
只有他们
坚守在土地上

我对你说

你总喜欢对着水说话
我就割一块大海给你
让你用飞翔的翅膀唱歌
成为跨越时空的海燕

你总是痴痴地望月
我就把夜空撕下来给你
让月亮在离你最近的地方
照见最美最美的你

你总愿意在故事里笑
我就把明天借过来给你
让爱情把生活的酒杯斟满
酣醉一簇绽放的秋菊

你总是在文字里摸爬
我就把远方揪过来给你
让诗歌为你下一场细雨
愿你在缠绵中沐浴

文字之缘

文字也是有缘的
不喜欢的
读她的肉体
都觉得拖沓
眼泪里充斥着虚情假意
偶尔发出的笑声
都掩盖不住那暗藏的刀枪

有感觉的文字
抚摸她的字里行间
都有熟悉的气息
即使是悲剧
都有伴随着脉动的体温
于是紧紧地拥抱着
害怕她随风飘扬

你信吗？我信

你相信吗
通过玉米认识土地
每一粒玉米都能讲出一个故事
通过黄花认识火山
每一朵绽放都是一次小型的喷发
通过诗歌认识历史
每字每句都是对千年佳酿的品尝

你相信吗
通过羊群认识长城
羊群的每一次逃亡
每一次随波逐流
都演绎着长城外的荒蛮和顽强
长城内持久不断的浩歌
塞上那一春一夏一秋一冬的阳光

你相信吗
通过石头认识北魏
每一刀精雕细刻

每一处微笑和遥望
都标志着刮骨疗伤的忍痛改制
捧一把大漠风沙撒给黄河
才有的回归和汉化

通过大同认识中国
你相信吗？反正我相信
这里的每一条街巷
都在上演古老的戏剧
每一位路过的老人
都会是故事里的男女主角
这里的刀削面、凉粉，香自民间
却也可以摆到皇宫、国宴
这里悠扬的晨钟暮鼓中
太阳被小燕子拉过来起舞
这里的夜色，已经很晚了
路边的烧烤和二人台、啤酒和皮影
还在勾兑，还在相拥
还在锣鼓点中，披挂上阵
还要把历史和当下
一股脑儿地复制
与未来一起
在世界大同的网上粘贴、共享

雕像，在老院门口

老院子最深刻的记忆
是门口的一座雕像
卷卷缩缩的衣衫
包裹着孤独无奈的心
故事在皱褶里匍匐
等待着每一天的日出和日落

她在这里坐了多久
只有老院知道
没有言语和喜怒，一日两餐时
她的嘴巴还能一张一合
孩子们在她身边嬉戏、奔跑
她的眼睛
偶尔也会闪出一道光

老院就是一本日记
翻开哪一页
都能回到从前
那年一场早来的雪
老太太随着雪花飘走了

日记本没有了封皮
好多过往都模糊不清，浑浊如泥
还进去吗？记忆问我

那一瞬间

把夏日的夜撕下几块
做裙子
穿在冬天的阳光下
于是有鲜花
绽放在梦幻里
甜甜的
我的白马从远处奔来

把有温度的文字
都扫在一起
埋在被爱情挖去的坑里
浇上眼泪
然后去等待
发芽的那一瞬间
微微一笑，值得了

约酒

有一种气象
不用预报
每一个季节都会有
那就是约酒

从好久不见中
寻找思念
一杯一杯地找
从腼腆里
开发出英雄虎胆
一瓶一瓶地开
从无语到失言
再到满嘴跑火车
酝酿诗歌
跌跌撞撞地
夜不归宿，满大街地酝酿

无题

石头让黑白
把彩色里的的温度去掉
那还要太阳干什么

沙漠让理性
把感性里的的水分蒸发
他的思想，从此一碰就碎

机器让工作
把生活里的诗歌排除
人类不再有冲动、欲望和幻想
你愿意吗

弹唱点燃激情

阿郎在弹唱
唱他心中的姑娘和古城
让美丽自然流淌
涟漪在弹指间画了一圈又一圈

古城在弹唱
唱他曾经的变迁和辉煌
让曲调回归内心
故事把琴弦拉长了千年又千年

沙龙在弹唱
唱她每天的疲惫和希望
让思想搭乘大船
情感爆发的盛宴举办了一场又一场

诗人在弹唱
唱他文字的色彩和温度
让文字变成流星
把沉寂和迷离撕裂成碎片

再点燃，挂在左右

也挂在天上

秋与冬

风把秋天染成一片一片的
秋把无数的思念堆在一起
叶把冬日切成一天一天的
冬把绿色的未来埋在心里

画

画个木屋
我在里面住下
在周围画一条小河
缓缓地流动着我的过去
再画一场说来就来的梦
我和梦一起畅游
梦带着我，不
是我拖着梦的方向

画一片蓝天
我在白云里穿梭飞翔
在云朵里画个宫殿
宫殿里画一场歌舞
宫殿后边再画个花园，当然
再画许多只会唱歌的鸟
鸟儿们托着我飞
去见我年少时文字里的灰姑娘

画个明天

明天从月亮弯进去
所有的星星都穿着花衣裳
太阳太热，暂时
就把她关在长夜的背后
让她去酿酒，把所有的
苦痛、烦躁和不安都勾兑，再提纯
再画一个飘雪的后天
去喝，去醉

遮挡

梧桐裸露着身体
挺拔亦无语
他活得太久，太累
恨不得把老皮撕掉一层又一层
一株藤蔓爬过来
紧紧地贴着他的胸膛
用柔弱的叶子
替他遮挡烈日与风寒

昼与夜比一比

今天的夜与昼一样长
那是夜的说法
夜离太阳太远，比亮
那一定是比不上
只好比长，而且越比越长

今天的昼与夜一样长
那是昼的说法
永远没有与月亮比浪漫
只有甘拜下风
那只能比长
最后的机会了，再不比就晚了

中秋寄语

中秋给我的概念，必须是
把月亮柔柔地扯下来
在上面堆满各种瓜果和甜品

中秋给我的消息，永远是
月亮这边的思念和眼泪
恍惚与月亮那边的思念和眼泪相见

中秋给我的感觉，好像是
请月亮梦幻般地在身边
见证一家人在浓浓爱意中款款而谈

中秋给我的初心，那就是
让月亮完完整整地照亮
爱情的这一半与另一半的结合

上班

鸟在林子上班
鱼在小河上班
母鸡在鸡窝上班
公鸡在墙头上班

狗在大院上班
猫在小屋上班
牛在农田上班
驴在磨房上班

张三开车一个小时去上班
遇到堵车，那就只有挨罚的份儿
李四出了家门就可以上班
睡到自然醒，迟到总是难免的

小王在马路上班，指挥交通
威风凛凛，却也风雨无阻
老赵也在马路上班，清扫卫生
若是论谁先起床，太阳总比他晚

民工上班一天累得半死
等他养活的除了老娘，还有孩子
老板上班飞来飞去谈生意
一觉醒来，也可能已经赔了半个亿

艺术家上班是在工作室
作品获得大奖是他必须有的梦
灵感来了总是忘记用餐
时运不佳，一顿大酒陪伴他到天明

作家上班哪儿都不用去
与主人公拌嘴是书房里每天上演的戏
流了一半的泪水，呼之即来的风雪
在键盘的空隙里呼吸着死灰复燃的痴情

我的心在哪里上班？仿佛在太空
总也无法随着陨石着陆
又感觉在那一千六百年前的北魏
所有的作业，都难以向那个太后呈上
难呀难呀，各自都难
每一条生命曲线都会有低谷
天上掉馅饼的好事儿，偶尔也有

却基本砸不到你我的头上
你信吗？我们也有最容易办到的
那就是用一首歌，点燃微笑
把伤心、委屈和劳累轻松地翻篇儿
没错，翻篇儿
你只要愿意与过往告别
你的心没那么大
必须入住的，是爱
还有那些曾经给予你爱的人

黄河

一汪清澈的水
它唱着歌，跳着舞
从青藏出发
在黄土高原的皱褶里流过
皱褶没被它洗净
皱褶的泥土
却把河流染成黄色

一条黄色的河
在一个叫运城的地方发狂
狂热之后
河流向东转了一个大弯
安安静静地流淌
默默滋润，尽情渲染
许许多多的爱流过
居然把一条巨龙变成了黄色

蚊子的爱

——答李慎功

原以为追求你的
是一个巾帼枭雄
没想到是一个集团军
原以为是一支地面部队
她们却是空军
原以为只是一次炽热的表白
哪里知道
她们是没完没了带血的亲吻
你大声疾呼
住手吧
人家却说
你可以拒绝
却不能够停止
我们对你爱的冲锋

从盐湖走来

一粒盐
也许就是一窝蚂蚁的福星
它们为此会兴奋
把这颗宝贝
用一个团队的活力来传递
这一粒盐
却没有引起人类的兴趣

一勺盐
也许可以成就一盘菜
把蔬果、肉食、海鲜
架在火上烧烤，放在锅里烹炒
摆到农家，摆入餐馆，甚至国宴
品尝之后，盐已淡忘
人们赞美的都是那位大厨的手艺

一袋盐，也许可以
支撑一个三口之家的岁月
一日三餐伴随着欢笑
到了夜晚，丈夫在读书

妻子在追剧，孩子在写作业
仿佛没有这袋盐
岁月照常继续，照常的光鲜亮丽

一船盐，也许就是
一个城市所有生命力的源泉
邻里在寒暄，车马在穿梭
百姓在烟火里度日
生命在婴儿的第一次哭声里繁衍
这位市长，记得那船盐吗
最起码他不该忘记那个盐贩子叫牛三利

一湖盐，那就是天意
它就注定着一个伟大民族的诞生
从此在它的周围，生存爆发了奇迹
一代传一代，世世代代传承着
顽强的不败的包容的有滋有味的文化
你找到了大槐树，你要寻根问祖
大槐树再往南，就是那个大地之手捧着盐的故地

自从有了盐，太阳和月亮下
百姓的日子才有了味道
日子里有了味道，一个民族

才有了感悟，有了思想，有了语言和文字
一个国家才有了历史、现在和未来
那个最早叫中国的山川
正是这样，在风雨和硝烟中滋养、屹立

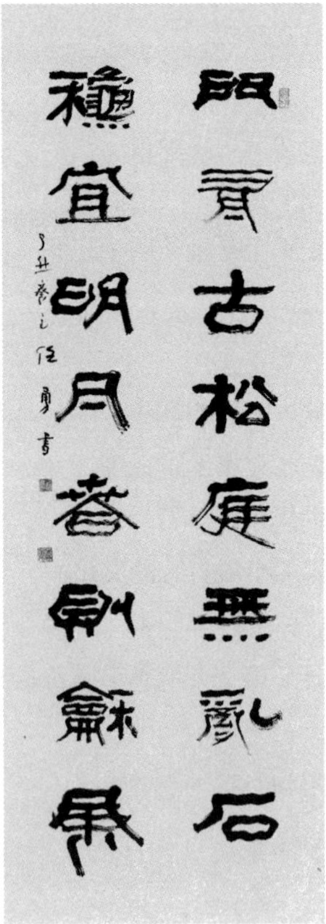

端午，唱歌给他

这一天
把所有的目光
都会集中在一起，汇成一条河
从空气中流过
老天没有放弃机会
它用一年四季最炽热的阳光
自上而下照过来
目光与阳光交叉的地方
似乎站着一位老者
白发苍苍
每一根白发都像火苗
老者的衣袍飘动着
哪里来的风？不！这怎么是风
分明是歌声
几千年不变的离骚
荡漾着，迷离着，蒸发着
两个字
端午
屈原他又醉了，才唱歌

他身后哪里是龙舟
那分明就是一架巨大的琴
为他伴奏
这样的好事，岂能缺了我
哈哈
几壶老酒下肚
我的歌也唱起来了
别人听不到，你还听不到吗

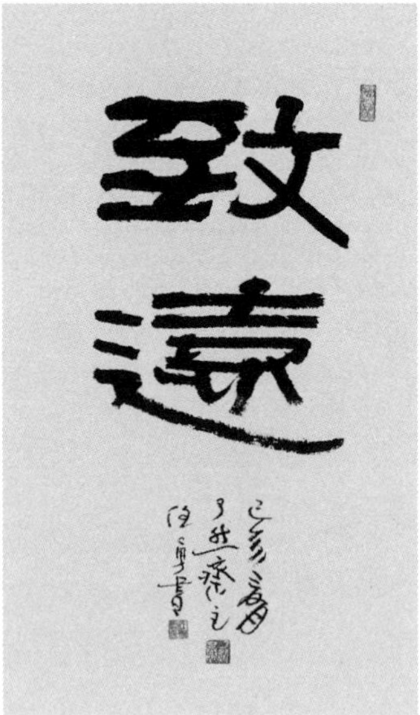

庚子年

多了的年味儿

今年的春节
多了一份挂念
那是对武汉
那是对无法回家的学子们
除夕的年夜饭
多了一些味道
笑声里多了凝重
举杯时多了酸苦
老爷子久久望着窗外
窗外静得出奇
没有烟花爆竹
没有嬉戏奔跑
只有一闪一闪的彩灯
与泪珠一起闪烁
老爷子一直就这么张望着
不肯让高悬的心坐下

小小的提醒

小小的病毒
小得不能再小的病毒
狂虐地要把地球玩转
它要让人类把心脏剖开来
在阳光下晒晒你的颜色

其实病毒它们什么都没干
它只是藏在野生动物里
是贪婪的人类把野生变作野味儿
要把这些远离人类的动物
宰杀烹饪，摆上餐桌
才有了今天的亲密接触
才有了今天本不该属于人类的传播

其实这只是一次小小的提醒
地球不只是人类独享
你们的快乐与无知
并不能代替我们安排命运
相互尊重，才是正道
才能把地球建成共同的家园

武汉之炉

哈哈，武汉是什么
那是中国四大火炉之一
如果整个中国是一个火炉的话
武汉也一定是火炉里最炽烈的火苗
新型疫情是什么
不论它是冠状，还是凹状
它最怕的就是热，就是火
这不，今年的热浪已经到来
四面八方的热血都朝着武汉奔涌而来
国际友人的热情也朝着武汉袭来
区区几天就能建起的医院
必将成为看得见摸得着的
让病毒躲之不及、成为灰烬的火炉

南山一座山

你本来是一座山
你其实就是一座山
大约是十七年前
你的凸显和拔地而起
用你的脊梁
扛起了道义和民族大爱
十七年过去
你这座山仿佛被群山淹没
被大海淡忘
而今武汉闹鬼，疫情告急
四海告急，余波逐浪高
你再次崛起那永远年轻的身躯
阻挡罪恶，撑起思想大旗
水不在深有龙则灵
山不在高有仙则名
你就是火神山，你就是雷神山
在百姓心里，你就是那座
靠得住的山，南山

隔而不离

其实我们之间
只是隔了几条河流
隔了平原和高原
黄河和桑干河养育了我们的祖先
也哺育了我们

其实我们之间
只隔了几条大街、几个小区
平日里的玩笑和寒暄
变成了微信上的问候
心心相印的挂念

其实我们之间只是隔了一层口罩
你在大声歌唱
你在呼唤远方的亲人
你在埋怨我为什么不把聚会提前几天
我都能听到
我能感受你的每一首歌
都是在心里，用热血来作画
你的每一句话
都在心里，用爱来浇灌的花朵

感染与感动

庚子年春节
一场无言的战争爆发了
这是大爱与邪恶的宣战
更是感动与感染的宣战
病毒感染，无声无息地在进行
一声叹息
一阵哭泣，伴随着
无法想象的侵蚀和攻击
大爱感动，轰轰烈烈地在传递
无形的接力
无形的铜墙铁壁，忍受着
黎明前的黑暗，春暖花开前的孤寂
一位亲人参加了救援队
他的血管里，流淌着所有人的寄托
浓缩了大后方
所有的敬仰、担心和爆发力

爱之夜

知道吗？爱人
此刻的我，站在窗前
满天的繁星陪着我
遥望着武汉抗疫的第一线
你知道我最怕夜的宁静
可是，此刻的我没有害怕
我感觉得到，你的爱就在身边

告别的那天，我们就在窗前
你说了，每天夜里
我们都会有一通夜聊
你会说说那边的战斗
我会说说这边的思念
可是，两天了没有电话
只有三条微信和一个链接

我知道你很忙，你的脑海里
有一千条船，一千个船员
许许多多患者等待着
你的诊疗，你的望闻问切

我相信，你放不下我
我就住在你心房里
最温暖、最靠里边的那一间

你忙你的，没有你
我们的夜聊也一样会像从前
只是我站在窗前，你站在遥远
我说为了我，你一定要珍重
我说肚子里的宝宝也想你
你一准会说摸得到，也看得见
因为，你也在我的心里边

我害怕的，不再是不眠的夜
我已经习惯了月亮的绽放与凋谢
你的安危，才让我忐忑心悬
我们的夜聊，只有开心的事儿
爱人，我的心早被你猜透
你不会骗我，宝宝出生的日子
我第一眼看到的一定是你憨厚的脸

遇见

此刻的爱
只有心灵相知
所有的白衣人都是一个面孔
当我们擦肩而过时
却迈不开腿，面对面
几乎同时说出口，是你

身高与胖瘦没有特别
你我披挂的盔甲
与所有人无异
我相信这是上帝之手
同时拍了我俩的肩
你却说，是肚子里的宝宝认出了你

十多天没有在一起
从除夕夜到元宵节
脑子里除了工作，全都是你
每一次都在记忆里品尝责任
喝什么，感觉都是思念
吃什么，味道都是惦记

元宵夜

煮一碗今年的元宵
不知用什么汤
用激动和烦恼的泪水
还有他的寂寞，我的挂念
你的忧伤

看一眼元宵节的月亮
说不清是什么样
难道是那位吹哨人挂上去的
说圆不再那么圆
说亮不再那么亮

开一坛老酒
要那种火辣辣的记忆
陪着我，穿过心肺，穿过胃肠
去追赶风，追赶流年
追赶大醉出浴的太阳

庚子立春

黑夜是从白天出发
到达下一个白天的船
疫情是从平安起步
到达下一个平安的渡轮
你可以宅在家里
就如同我足不出户一样
我可以戴口罩
把满是褶皱的老脸遮挡
就像你也戴口罩
把娇美的脸庞做了收藏
气温还在零下
暖风没来，土地没松动
草没绿，花没开，柳枝没吐芽
故乡依然会立春
春天是一种渴望，也是
一种坚守，一种初心难忘
立春，是立在心田里的
美的绽放

清明前夜

清明前夜
我把黑暗撕下一大片
铺在黄鹤楼前
把李白、李清照请来
还有那位欲哭无泪的屈原
开一坛老酒
蘸着鲜花酿成的血浆
酒一杯，诗一行
哭你想你，唤回你
随我，一同大醉
在樱花铺就的宣纸上
你我一同翻筋斗，舞翩跹

清明前夜
我把思念化成泪雨
淅淅沥沥洒在武汉，洒在中华
把你的灵魂请来
霓虹灯一样照亮寰宇
在雨中，可以清楚地读到你的倒影
还是一身白衣

还是出发前那样的矫健
但愿这不是幻觉
还是那种来自草原深处的呼麦
我们一起在歌唱
一起在穿越

清明前夜，人酣醉
文字虽干涸
心已滂沱

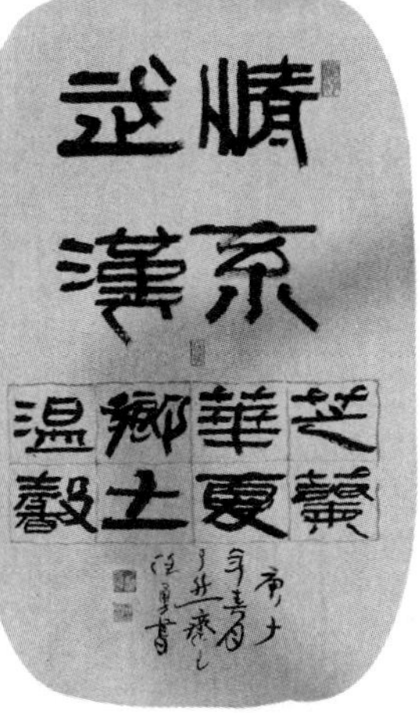

六十载

六十载是一块画布
上面涂满了我的脚印
歪歪扭扭的一行
正儿八经的一行
跌跌撞撞的一行
还有慢条斯理的一行
许多是朝前的
也有走着走着，回头
绕个圈子再走的
我用脚步
蘸着思想的油彩
画孤独
画擦肩而过的飞鸟
画失望
画失而复得的诗歌
画彩虹里的船，亦画
危机四伏的戏剧行走在江湖
画一张大脸
憨笑的嘴巴从这边咧到那边
两只眼睛微闭

就像拉了一半的幕布
管它戏散了
还是从未上演
六十载就是一个山村
进山的口子
疼痛得好像是用刀子拉开的
花也开过，它说疼
水也流过，它说疼
土匪来抢过
它疼得死去活来
野狼也在村口嚎过
它也疼
疼来疼去，疼得多了
就不觉得那是疼了
后来，娶亲的花轿进去了
吹吹打打的
它还说疼，也听不清了
那时正是大风起
疼与不疼，它又怎样

六十载的日头
是升起来，落下去
刚好又升起来
六十载的季节

是经过了春、夏、秋、冬之后
又一个春暖花开的时候
六十载的心
是经过了懵懂、羞涩、激动和平静之后
又一个貌似的懵懂
其实经过了，便木讷
枝头的花只有艳丽，没有了诱惑
小鸟的歌只有动听，没有了动心
风沙并不可怕
微微闭着眼睛就好
风沙过去，才有蓝天
长夜不算长，早点起来
做个深呼吸
随便哼个什么调调
唤醒贪睡的太阳

寻常周六

周六的闹钟
照常在五点钟唱歌
不管太阳是爬起来，还是赖床
窗外小鸟继续上演着爱情剧
表白的继续表白
傲慢的还是爱理不答

周六的早上
还是首先去喝一杯水
周六的水，荡漾着几天倦意
然后去翻阅搁置一天的朋友圈
一半是擦去泪水的武汉
一半是大洋彼岸无端的责难

周六的秋天
用周六的风去染红周六的树叶
用周六的雨水去浸泡周六的时光
小银杏和大梧桐
继续争夺秋天的主角
舞台，就是那湛蓝的天

周六的孩子
是两股道上跑的车
一边在作业里跑冒滴漏
妈妈那边还等着送他去上补习班
他心里暗暗地有些担忧
爷爷的话比尖椒还辣
别急，你的苦日子才刚刚发芽

周六的老佛爷
从起床到傍晚
两只眼睛一直看着同一个方向
所有人都在猜测
她在想小时候唱过的歌
她在想八十年前的山村采过的花
她在想一生中渡过的河
经过的浪花
我猜，她在想
老宅前那棵几百年的老槐树
修高速那年说着要砍，没有砍
它还能茂盛多少年

苦口婆心的地球

我是地球，我是男子汉
虽然我不再年少
正茂风华
我什么时候中年不惑
什么时候龙钟老态
你们不懂
只有我自己知道

青春期的我
也狂傲
偶尔也会无端发脾气
青春期的胡须和体毛
与雨雪无关
而人类只是小得不能再小的小虫
你们生活在
我毛发间的河床与山坳
你们见过的江河大海
那是我儿时的眼泪和嚎啕

我身上的小虫多了去了

你们是最快乐的
也是最不乖巧的小虫
也许你们的一生
对于我来说只是一分一秒
可是你们的折腾
真正是肆无忌惮得过分
拔我的头发，堵住我的毛孔
随意手术，切断我的血管
剥去我的内衣、内裤
我很没面子
能忍则忍，我若是不开心
随意翻个身，打个喷嚏
对于你们来讲那都是灾难，都将灭顶

然而你们不怕
对我，发起了
千百次各式各样的战争
可笑极了，你们
你们真得可以胜利吗
即使有那么一天
我不在了，你们还在吗

无语的老者

我八十多了
有许多事情，我都不中用了
不会视频，不会扫描
找不到健康码
不能在那个那个那个那个网上
支付、购物、挂号、预约
社会之门关闭了
我，还有我的同辈
从此只能乖乖地滞留在家里
因为只有在家里
我才能呼吸，才能说话
才能吃喝拉撒
可是，万一我生病了呢
万一我需要出去会会战友
找找孩子们呢
我有错吗？无语

嫉妒

角落里，一块大大的石头
被复杂的情绪包围着
朝阳的一面把丑陋暴露无遗
他一天都不愿意这样
他羡慕阴暗面
嫉妒的怒火无处可撒
狰狞地目视着一切

背阴的一面从来不见阳光
他已经在黑暗中思索得够了
他羡慕朝阳面
感叹命运的不公
任嫉妒在潮湿中肆意生长
一天早上，大雨倾盆
雨后有人发现大石头裂成两半

老张头的丰收

老张头的丰收是一场音乐会
彩排了七十七年，才开场
一头牛在唱男低音
一头驴在唱男高音
他与老伴儿在二重唱

老张头的丰收是一场梦
梦里的玉米棒子翩翩起舞
梦里的红高粱荡漾着阵阵酒香
高粱地里有个俊俏的女子
噢，那是他五十年前的新娘

老张头的丰收是一棵老杏树
根子扎在守口堡下
开花结果已经到了黄河那头
他说，我要扭起秧歌来
逗得大树笑弯了腰

老张头的丰收是一条河
七十七年的笑声缓缓流淌

七十七年的鼾声掀起了波浪
老伴儿说，其实你一点也不老
老了的是那不长毛的河床

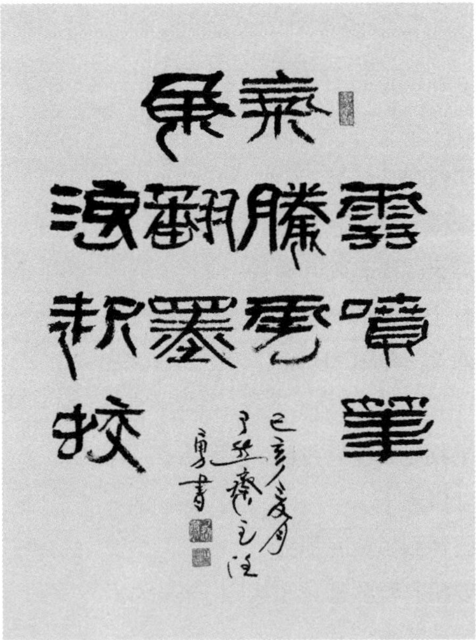

说频率

大鲸鱼有没有唱歌
它唱得是什么
它的喜怒哀乐是什么
我们不知道
无法听到它们的歌
因为我们根本不在一个频率上

外星人的人生是如何光景
他们是否有春夏秋冬
他们是否有爱情
他们面对生命之故障
是修理，是更换，还是医治
他们生存的环境
是社会，是时空，还是制造厂
我们不在一个频率上
我们不知道
没有与他们谈判论道
因为我们根本不是一类人

地球是生命体吗

地球的心脏跳动在哪里
为什么我们在他的皮肤和毛发间走动
而他只管围着太阳不停地转圈
我们从不去理会
他会不会头晕
我们不懂，因为不在一个频率上
其实地球曾经告诉我们许多
我们能够理解的也只能是风风雨雨
还有就是海啸和地震
我们实在是渺小
盲目的自大，往往会
让我们的心
驰骋在危险的跑道

地球这边与地球那边
洲与洲，国与国
种族与种族，部落与部落
不同的语言，不同的肤色
不一样的水土，不一样的家庭
不一样的时代，不一样的社会
都会有不一样的频率
他的歌，他的语言
你能够听得到，也许你也听得懂
但是不同的感受与理解

不同的习俗与好恶
不同的判断与结论、思想和后果
是不可避免的
频率的不同
不意味着优与劣
更不意味着强盛与淘汰
道不同不相为谋而已
你走你的阳关道，我走我的独木桥
你哼你的花儿，他唱他的梆子
每一个频率上都能够开花
都能够舞蹈
都能够演唱出自己的咏叹调

在心里合掌，燃三炷香
石窟里的大佛告诉我
不同的频率
害怕没用，更无需烦恼
其实自然界只有一种语言可以互通
不是其他，而是微笑

手机撬动的生活

手机问世之后
恍惚之间
为人类绽放了另外一个世界
你随时，都可以
旁若无人地自言自语
其实你在隔空对话
不用管，你的那个他
漂浮在地球的哪一个角落
于是，空间无语了

自从有了微信
忽然间
我们进入到一个独我的境地
擦肩而过，没有聊天
即使见面
你就在我的身边
我可以读到你卷卷的头发
你却被手机照红了脸
所有的爱与恨
所有的沟通与交易

从此不在眼前
眼前只有一部手机
手机上有一个巨大的桌面
他可以帮你搞定一切

不急，不急
前面飞来了 5G
也许从此不再低头
也许手机变成了无形的
你只需敞开想象
蓝天白云之下还会有无数个也许

口罩的悲哀

突如其来的风
让口罩成为明星
满以为从此可以踏上红地毯
哪知道只是因为疫情
什么不离不弃
谎言的寿命是如此短暂
嘴唇说，我不需要
高傲的鼻子更是气势汹汹
走也不是，留也不成
悲痛欲绝的口罩甘愿随风飘逝
却被多情的耳朵牵住了绳

手套

手套爬在那里
那只手已经离开
可是记忆还在
温度还在
力量也还在
掌握的分寸也在
于是
故事写在了这里

立冬要立在哪里

今天是立冬
在塞北
冬天是立在枝头上
枝头上还有一片带着伤痕的叶子
回头望着蓝天
他依依不舍
在河东
冬天是立在盐池上
那里有两只红得耀眼的鸟
勾肩搭背秀恩爱
与倒影里的它们比美
在三亚
冬天是立在幻觉中
沙滩和海浪静下心来倾听
关于秋日与春天夹缝里故事
在兴安岭
冬日才立在雪上，马拉着雪橇
仿佛在融合的雾松下
走了千年
又要走上千年

二十四节气歌

立春

嘘，别出声
雀儿在一问一答
我爱你，你飞到哪里
我也要跟着
我也爱你，我飞到哪里
都会带着你

嘘，别出声
雪花在一唱一和
风悠悠，我也悠悠
落在哪里都是我的爱恋
你悠悠，我也悠悠
爱在哪里都是我的情愿

嘘，别出声
冰河在低声细语
嘎吱嘎吱，一股暖流
让我的身体开始振作
嘎吱嘎吱，我要挣脱

这坚硬而冰冷的过错

嘘，别出声
季节在悄声说话
冬说，我舍不得
离开这片多情多义的土地
春说，不必叹息
其实我就是你
你是睡着的我
我是醒来的你
感谢你
春天是你孕育的美丽

雨水

江南，土地湿润了
草被子掀开了
麦苗发芽了
河水哗哗地流开了
外婆的小船划走了
手帕掉在河里，漂走了

塞上，枝头湿润了
又一场春雪消融了
阳和坡上的太阳出来了
聚乐园的杏树睡醒了
二丫的围巾被树杈杈叼去了
红扑扑的脸蛋被风吹着了
情歌一曲软软地爬过那九道沟了

你的，眼睛湿润了
去年约好的人，他不见了
妈妈劝你说，别等了
你看那老梨树，它若是花开了
你的那个他就回来了

老梨树已经枯败五载了
在老梨树下，你把那愿望许下了
老梨树的身子，它抖动了
你的真情终于把它感动了

我的，心也湿润了
那是我的泪泉倒流了
老爷子的病康复了
又能扶着短墙走路了
阳台上的柳叶桃开花了
比往年的花蕾多多了
他说花儿一开，爸爸就回来了
如今花儿开了，又开了
奴娃他爸回来，他又走了
就像放飞的风筝，飘得越来越远了

我听见了
下雨了
滴滴答答落下了
就如隔壁二蛋弹琴了
其实那雨、那雨滴、那雨丝
落在我的心里了
落在，我的，心里了

惊蛰

这一声春雷
有没有炸响
激情都在萌发
从萌发到花开有多远
也许只是一首诗的距离

激情从土地萌发
枯败的草再一次泛出绿色
这是一种会说话的绿色
她说，看不到
你能感觉到
你能嗅到
一棵草也许没有绿
一片草，也许也没绿
可是，放眼茫茫的土地
似雾似梦，如歌如诗
你才能读得出
这就是春天的第一抹绿色

激情在枝头萌发
刚刚抖落初春的那场大雪
杏枝、桃枝就渗出了枣红色
各种稀奇古怪的激动和想法
都从里面一点一点地挤出
成为嫩绿的颗粒，变成花蕾
迎风绽开
点缀在旷野里
烂漫在城市里

从花开到爱情有多远
也许只是一首诗的距离

春分

把春天对折
一半给了夜
一半留给白天

夜是梦的世界
是上帝的画板
所有的历史与现实
都在异想天开地涂抹和勾勒
而展出在白昼
迷人的太阳用粉红色的霞
为都市和乡村剪彩

一场春雨过后
生命在扎根，发芽，抽枝
每一个毛孔，都
吐出希望的露珠
开出夺目的花朵
每一道血管，都
流淌着热泉的温度

奔涌着大江的气魄

把青春对折
一半给了往昔
一半还给未来
往昔有我有你有他
未来有他有你有我

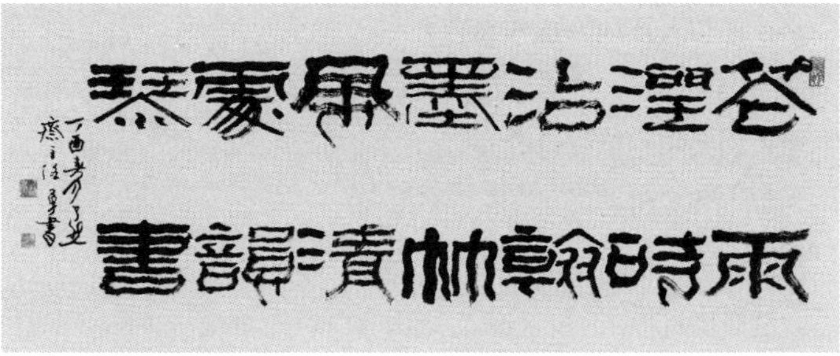

清明

弹一曲琵琶行
身在千里，心在故园
任月光轻摇船篷，黄水弯弯
曲未停，余音在云端
行者何必欲断魂
天涯人，转轴拨弦三两声

月色白，白满天
邀来故交，往事煮酒
对月且饮三百杯，醉问
长夜苦短，奈若我何
举杯何必杏花村
月光河面撒，岂止千万朵

家母已随观音去
在天国，无尽思念盼相见
两千日夜恰似桥
母亲在那边，我在这边
清明何必雨纷纷
梦里依稀，泪已瓢泼

谷雨

田野里，飘过一朵朵花伞
花伞下，爆出一阵阵稚嫩的笑
春雨与笑声为伴
那是生命还给天地的礼物
云朵屏住了呼吸
柳枝伸出了绿叶

落雨，是在播种的日子
欢笑，是在希望的季节
闭住眼睛，用心听雨
每一丝，都是一缕眷恋
对雪花的不舍
张开嘴巴，品尝那笑
每一声，都是一次引爆
让春天的精灵绽开

充满了对秋天的幻想
把一粒一粒的笑声
播在冬天住过的地方

留出诗歌可以自由进出的缝隙
用责任和担当，给予营养
再把春的柔情
轻轻地抛洒，悄悄地滋润
为田野梳妆，画眉
陪伴着暖风和阳光

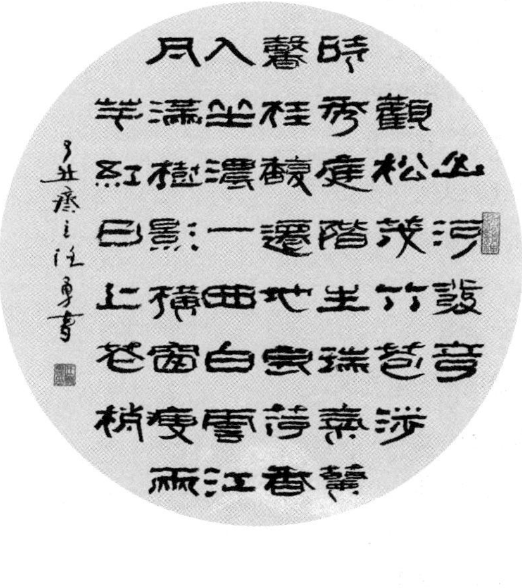

立夏

那年立夏，使我
把一幅画送到你家
画里的你，一双大眼
深情地看着我
我不敢看你的眼睛
把头，还有我的心低下
懵懂的少年不知爱
初来的暖风，迷了我
吹乱了我的头发
你家的门紧锁着
街坊说，你一家子
都迁往了南方
南方在哪里？留给我的
是隐隐的痛，还有
那幅画里的姑娘

十多年过去，像翻书
又是一个立夏的日子
杏花谢了，桃花谢了

赖在枝头的，唯有丁香
一场风，吹走了云朵
却吹不开心头的雾霾
无意中翻出了少年的画箱
里面还躺着那幅画
你的眼睛依然深情，只是
纸张暗淡，不再明亮
带着这幅画，跟着我的脚
来到原来的地方
这里已经建起了高楼
过去的栅栏和梨树
早已不见，留下的念想
全在记忆的深处
我在画的左上角落款立夏
然后把它点燃
立夏的回忆化作一缕
轻烟，飘向南方

小满

手机在背包里唱歌
大冯从小李庄打来电话
我的心，在嗓子眼
提起好久，终于落下
李二狗他睁开了眼
他问，我这是咋的啦
沉默了大半年的小窑洞
今天爆出笑声哈哈
声如响雷，憨如老牛
第一次听见，二狗说话

大冯扶贫，在小李庄
小李庄在六棱山的山旮旯
二狗的事情太揪心
老婆飞了，留下了他
千里寻妻无消息
一场车祸，无声的二狗
躺在担架抬回了家
二狗他爹泪洗面

以后的日子，就如
羔羊遇到虎豹，在悬崖

去年腊月，大冯进山
从严冬，一气走到初夏
他说，山里人实诚，就像
枯藤长在悬畔上，也开花
小满到，村里的莜麦结了穗
老庙里的学生又有新书发
几口深井，把希望灌入心田
一条油路，把汽车引进山洼
嘘，明天大冯要回来，看望
孩子老婆，还有老妈妈

芒种

驾生命的车辇
从春天出发
驶向夏天
在第四个驿站
我们相见

夏至

用最短的夜
擦亮双眸
用最长的白昼
看彻世界

用最少的苦
熬制爱情
用最多的快乐
回报生活

小暑

太阳迷恋地球的美色
在这个季节
变得狂热
蛮横无理的拥抱
不管心与心离得多么遥远

月亮对地球的思恋
没有丝毫的占有
默默地注视
收起大半张脸
把仰慕躲在云朵的后边

大暑

防不胜防
原来地球是个大蒸房
没完没了的出汗
没完没了的补水
找不到出去的门洞
哪怕有一扇逃走的窗

我找到了你
原来我们在同一个烤箱
我在无奈中摸索
你在摸索中彷徨
虽然身体已经半熟
心里却是一片凄凉

我说，来吧靠近我
我为你变成一棵胡杨
你乖乖躲在树荫下
让我佝偻的身体面对所有的阳光
你说，请到我的心里

这里是爱的天堂
不用说冤屈，依然
下一场六月的雪，在身上

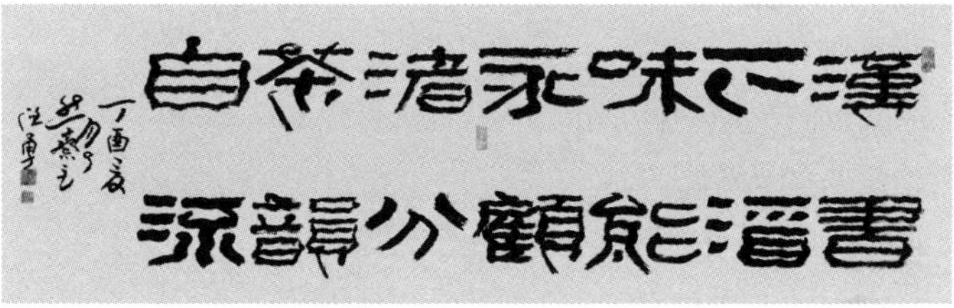

立秋

天上什么样
雨滴告诉我
我的思想里
饱含着云的味道
和月的光泽
月亮在哪里
云朵告诉我
我来擦亮它
你来看吴刚的酒杯
还有梦里舞蹈的嫦娥

秋天怎么样
酷暑告诉我
我的温度里
酝酿着丰收的浪漫
和爱情的颜色
爱情是什么
季节告诉我
我来放风筝

牵着的是无奈

归来的才是难分难舍

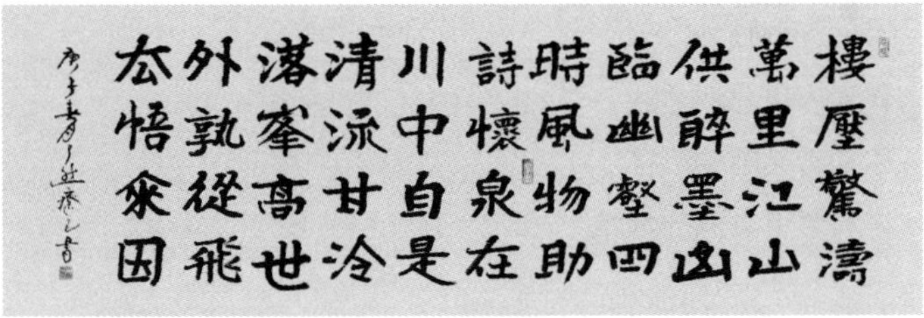

处暑

因为走出夏暑
才知道时光是棵大树
炎热是什么
每一片绿色都离不开
思想的交锋
和烈火的超度

因为走过了中年
才深知人生不是赌注
幸福是什么
每一次欢乐都需要真诚
感恩过去
走好当下的每一步

白露

用缠绵浇灭夏日的火焰
用翅膀翻阅秋日的浪漫
把青春的舞蹈
凝结成一粒一粒的珍珠
挂在叶上
遗失在石阶上

美梦与汗水结伴
顺着面颊渗出
又在手指上聚集
顺着指尖落下
藏在土壤里
等待来年的发芽开花

秋分

夜有多长
用昼的喧嚣做走廊
昼有多短
用夜的宁静去回放
其实，只要有了生命
每度过一天
都是地球牵动着太阳

秋有多冷
以春的付出去测量
春有多暖
以秋的收获来品尝
其实，只要能够感恩
每吟唱一曲
都是激情唤醒了思想

寒露

地里的粮食进了仓
整日坐在场面的三爷
今天没有出门
一夏天通风的屋子关了窗
隔壁家的石头起假去上学
家里的奶奶泪涟涟
这所有的一切
都像秋风一样告诉我
寒露来了
你等待许久的结果
不是她的到来
不是温柔的扣门
不是带着香风的身影
不是满面春风的呢呢喃喃
寒露来了
醒醒吧

霜降

秋雨绵绵
飘落阵阵寒意
亦飘落所有的关怀
就像那片飘落在窗台上的红叶

这样一个寒冷的日子
心，却暖暖
因为爱
因为关怀和惦记

故乡的父亲
手机传出切切的问候
孩子
穿了毛衣没有
年过半百的游子
几句话语让热流涌动在血管里

昨天一位九旬老人
离开了

屋子里那块手帕闲在枕头边
满墙的图书无声无息
只有一首歌曲很熟悉
九朵莲花低声抽泣
他说的最后一句
竟然针对的他的老闺女
她有病
你们替我多多照应
老闺女傻傻的笑
爹说了你们要给我讲故事听
给我买一个大大的鸭梨

秋天最后的日子
送走了老人
埋葬了落叶与败枝
收藏了春和夏的美丽
我把红叶收起
把它放在笔记本里
放在心里
亦放在记忆里

立冬

说好了下一场雪
就像上帝撕碎了灵魂的翅膀
抖落人间与天堂
却又是一阵浮皮潦草的雨
溅起了水花和我的忧伤
蓝天被乌云牵走
只留一道光
别这样

说好了一起出走
在黄河边的古镇懒懒地逛
把雪花揉成雨
湿润她的皮肤和铺路的青石板
用酒后的小曲丈量夜的长
梦醒时分西风起
伙伴各自忙碌
别这样

说好了不再哭泣

把泪滴与落叶轻轻埋葬
用诗歌叩开冬日的门
在一个雪白雪白早晨的苍穹
把绿色一粒一粒地种上
冬已至雪未到
风悠悠云悠悠心悠悠
别这样

小雪

童年的回忆
是漫天飞舞的雪
是无瑕世界里彩色的天使
是城东老院屋檐的冰挂
是水井台边玩冰车的伙伴
是无穷无尽的游戏
和无休止的笑

青年的文字
是白色的天地
是奶奶在雪地里留下的小脚印
是阿霞冻伤的小手
在奶奶怀里取暖
是垂泪的脸颊绽放的笑
是大舅离去时吹吹打打的鼓乐
雪地里长长的队伍
白色的衣服和白色的鞋
白色的花圈和白色飘动的幡
与悲伤一起缓缓地移动

中年的梦想
是坐在农家的炕头
透过玻璃窗化开的洞
看飘飘落落的雪
看被雪花包裹的枝头
看远方黑色的河、蓝色的天
是一盆炖肉两个小菜三五个老友
烫几壶烧刀子
唠不完的话
把过去扯成一条一条
撕成一小块一小块的
随意抛向天空
落在地上落在枝头
落在书上落在脸上

然而小雪来了
它却没到

大雪

在漠河，你是难以摆脱的梦
在禾木，你是木屋童话的笔
在江北，你是茶馆围坐的火炉
在海南，你是酷日过去的凉爽
在童年，你是四合院屋顶上的雪仗
可如今，你却只是没完没了的话题

花开了花谢了
花把希望给了叶
叶绿了叶黄了叶掉了
叶把梦想埋进了土地
土地被坚强覆盖
上面还穿了雪的衣裳
它把所有的力量所有的爱
默默地收藏
就像一坛子老酒
在土里在梦里在温馨里被酝酿

小雪她还是个含羞的姑娘

大雪她已经是为爱绽放的新娘
而今年的大雪
她是经历了许多沧桑
看透了人生
要走向新生活的孩子他娘

青春并非不再
爱在青春就在
有爱的滋润
雪，管它下与不下
生命之歌
昂首舞动漫天的音符
把苍穹揉碎洒落人间
点燃天籁
温暖了太阳
温暖了我的华夏

冬至

你说夜，很长很长
那是你的心很冷很冷
你说天，很短很短
那是你的梦很久很久

都说冬天到了
其实开往严冬的班车才起步
这不，一场摸得着的雪
尚未起舞
一场因它而约的聚会
至今尚未发出请柬

不老的心
永远没有休假
不落的太阳与激情同在
青春可以证明
冰封的河流截不住暖泉的涌动
因为希望还在
就有热情为伴

因为热情还在
就有诗歌吟唱
因为诗歌还在
就有浪漫飞舞

冬神降临
诸神让位
朗朗乾坤一片清纯
我闭住双眼
静听雪花与雪花的对白

小寒

我是个坚毅的小伙
内心的狂热
却有冷峻的面孔
不要问我来自何方
不要问我修行几何
给我一碗红豆粥
然后你就离开我
在我的背后默默地注视着我

偶尔的雪花舞动
每次的北风嚣张
都是我无言的表白
二三朵雪花会粘着你的睫毛
衬托你美丽的双眸
你不会知道
风掀起你的裙摆与天际一线
让你若仙女飘摇
你哪里知道背后的我

我是一壶烈性酒
你不要怕
没有纵横驰骋的野性
却有狂热不羁的烈火
没有五彩斑斓的浪漫
却有刻骨铭心的记忆
有我在，你别怕

大雪小雪算什么
我给予大地钢铁样的面颊
风，轻轻地刮
狂风又能怎样
没有这吹，没有这扫荡
谁来清理四季的烦躁
如何迎接春雷的炸响

大寒

这是雪的味道
非咸非辣非酸亦非甜
借一把西风给塞上
搅得周天寒彻
搅得万物悲歌起
搅得黄土满天飞扬

我快乐
我是冬日之王

这是小年的味道
屋舍里鱼肉鸡鸭，煎炒烹炸
集市上赤橙黄绿，熙熙攘攘
冰挂从屋檐垂下
雪花在脸上开放
用微笑粘住灶神的嘴巴
用甜蜜唤醒阳光的荡漾

让我来

撑起春天的罗帐

有老友来自春天
或者是盛夏和深秋的地方
他用灵魂之手揽的五彩雉
献给冬日
献给部落
昂首一唱迎接我的太阳

我不会走
我的激情已经挥洒成
每一朵绽放的阳光

平城遗梦

拓跋濬的梦

太武帝灭佛的时候
拓跋濬做梦了
出家僧侣的头颅与寺庙前的石狮子
一样的血迹斑斑
佛经被燃烧
挥之不去的烟雾
蚊虫一般钻入他的耳朵里
哼着一曲西域的梵音

第一次坐龙椅的那夜
拓跋濬做梦了
皇爷爷就立在眼前
哈哈哈哈，他的笑声撼动了大殿
我的皇孙
我知道你会有今天
从此不再有游戏
你每一次昂起头，就会碰到天

东郊出巡，那是一个艳阳天

太阳温柔地摇动着坐骑
拓跋濬居然做梦了
战马咬住了一件东西
生生地从一群逃难者里
牵出了已经还俗的佛教大师昙曜
众里寻你，不见你
梦醒时分，你就在眼前

武周塞石洞里
拓跋濬梦到了佛祖
佛祖的声音，从天外而至
起来吧，你不用下跪
在这样的石洞里，你自己就是佛
他被凿石声惊醒
凿石声中，一个瘦削的身躯
闪现在烟雾缭绕间

英年早逝的拓跋濬
做了最后一个梦
他梦到寸步不离左右的宠臣
原来有一张野狼的脸
梦到太子登基了，太子的太子也登了基
梦到皇后成了太后，又成了太皇太后

当年的乖乖女坐政朝堂
她的身后，站起许多百姓
许多的老人、女人和孩子
还有许许多多战死沙场的士兵和将军

拓跋濬睡着了
他的梦一直没有醒来过
无边无际，一千年，哪怕再一千年
有多少人游过他的梦
又有多少人将他的梦境顺延

试着穿越

试着把高铁开上彩虹
来一次说走就走的穿越
始发在御东博物馆，终点站应该在
北魏十五级浮屠大寺门前

试着把冯太后接过来
也可以问一问那位小皇帝的意见
没别的，让她去看看未来
回头再辅佐你改制的每个细节

试着让她明白当今的所有
品黄糕炖肉，小酌生啤、干红
重游武周塞石窟，再走延绵不断的土长城
一路作翻译，我在她的马后鞍前

试着让她为《太后传》亲自把关
写作时，所谓的史籍太缺
无法找到你真实的名字
只知道你爷爷曾为天子，在北燕

试着请你到图书馆来一场讲座
我猜想那天的现场
将会是天籁之音，伴随着五彩祥云
分会场已经设在了孝文帝身边

试着在小皇帝御前
安排一个当今的记者，或者小编
这样可以随时推文，也能够
用手机做做实况，抽空去扫扫街

然而，穿越未能开通
远方留在梦里，唯有诗歌在眼前

木兰她爱过一个人

木兰她爱过一个人
那个他，一定是少女时的偶像
草原上跑过一匹马
一袭白衣，直奔她的梦
没有缠绵，只有徘徊
爱慕，用眼神把他藏在心底
暖暖地痴痴地望着他
漫漫长夜，木兰从此没有孤单

木兰她爱过一个人
那个他，一定是个鲜卑汉
桑干河上一只船
一个读书人，载走了她的心
居舍织纺的木兰，从此
眼睛里荡漾着温柔的河水
河里有一叶小舟
机杼声弥漫着读书声

木兰她爱过一个人

那个他，就死在战柔然的呼啸中
那一夜一颗流星陨落
一阵狂笑，飘荡着不屈的灵魂
从此花开，总伴有泪珠
思念，要变成杀敌的利刃
红颜从此不再红妆
立马横枪，扛起父辈的使命

木兰她爱过一个人
那个他，就在她的血液和骨头里
每次厮杀，都是他在暗中发力
每夜宿眠，都能感受到他的拥抱
父亲，莫为女儿担忧
你哪里知晓好似有天神助我
大魏，小女子不才
保家卫国，哪里还分男身女身

我在北魏有个工作室

我在北魏有个工作室
那里，只有我自己
还有一个磨去了字母的笔记本
我把它建在云上

云上，出奇的美妙
可以聆听到鲜卑人的谈吐
也可以给他们下一场噼噼啪啪的冰雹
弹奏着皇宫的琉璃瓦
接着呢，播一场霏霏细雨
让当时的平城
还有平城的百姓们、拓跋们
一起沐浴，一起凉爽

大殿里正在上朝
有人说捡到一个稀奇的怪物
貌似孝文帝在指指点点
手里拿着一部手机，手机闪着光
他说再过一千五百年

就是这样
直惊得大臣们满地找牙

那部手机，有些面熟
三天前就躺在我的公文包里
里边还有我过往的朋友
我扫街的照片
我写过的诗
我发过的牢骚，吃过的饭菜
还有我喜欢的姑娘

孝文帝的背后
是一位年轻而美丽的太皇太后
她的眼睛直视远方，微笑着
微笑着，一言不发
哎，这位太皇太后仿佛在哪里见过
不会吧？太神奇了
相隔古今，却如一母双胞
一个贤淑一个浪漫
她与那位姑娘竟然是一般模样

冰雹和大雨过后，我涂抹了一道彩虹
一头在我这里

一头在皇宫的前方安放
只见君臣一大帮
聚集在彩虹的那头
一阵赞叹，然后是一阵跪拜
他们说，彩虹降临，大魏吉祥哟
孝文帝说，太皇太后吉祥
我一开心就再一挥笔
又涂一道彩虹，为他们降福
一头把北魏系好，一头在我的手上

孝文帝，他不解
他会夜不能寐，辗转反侧
那又能怎样
他在北魏，哈哈，我在云上

走进北魏

从石窟走进北魏
与大佛一起微笑
在笑容里感受包容
感受西域高僧与平城百姓的邂逅
感受佛教的熄灭
和再一次更伟大的燃烧

从石刻走进北魏
用文字舞蹈、歌唱
在点划中感受思想
感受真草隶篆与游牧民族的邂逅
感受马踏飞燕的力量
和汉文化不屈不挠的融入

从明堂走进北魏
用瓦当复原改制
在出土的酒罐边入梦
感受孙皇帝推行俸禄制的威猛
感受文明太后的方山

和她驾鹤之后依然不变的眼神

从悬空寺走进北魏
用故事酿造美酒
放飞一只探巡洛阳的鸽子
感受拓跋人对炎黄先祖的膜拜
感受桑干、黄河的渗透
和血肉灵魂义无反顾的融合

从十一个传记走进北魏
用年表带读者穿越
让道武帝做一次编剧和导游
感受我们的好奇和崇敬
感受隋唐以来的传承
和现代社会亘古不变的华夏风尚

悬在梦里的寺庙

悬空寺有多高
梦有多高
它就有多高
悬空寺的木棍儿撑在哪里
恒山爷的手在哪里
它就在哪里

那一场梦
从道武帝在平城建都开始
经历了一统北方
灭佛之夜，复法的早晨
武周塞的梵音
太和改制的祥云
冯太后的方山之殇
拓跋宏的洛阳之迁

梦醒时分
寇谦之的灵魂降临金龙峡谷
布道一场融合喜雨

化身恒山老祖
邀来佛祖、老子和孔圣
轻抚翠屏峰
弹奏一曲断肠人在天涯
一曲未罢，早已是
泪丝如弦，滔滔成河
琴弦之上已有一座寺庙落定
从此那首心歌
一直抚慰着来人和去者

而今我在梦里
踏着旋律拾阶而上
只要梦未醒，心旅就不会停
我的诗永远没有登顶

一个掉头，一个俯冲

我是一只苍鹰
从遥远的过去降落古城
不知何方的一朵云
扯来了风，这风似乎无所不能
它把四面八方的云朵，还有诗歌
统统赶过来
古城正在演绎的故事
忽然，幕布被紧紧地拉上

顿时，古城变成了
一只巨大的鸟笼
他们，要把我困在这里
哈哈哈哈，我是天国的使者
云朵奈我何，诗歌又怎样
我煽动幻想和欲望
直插云霄

密布的诗歌
与云朵缠绕在一起

转瞬间已被我冲破一个洞
它们没想到
它们更加想不到的是
一个掉头，一个俯冲
我又重返古城
我的任务还没有完成
我要把几千年哲学、艺术
与古城的未来相融

昙曜五窟

我不知道，从何时起
武周塞披上了神秘的袈裟
是秦汉，还是更远
我却知道武周塞有一天翩翩起舞
那是因为一位高僧
他身上那件彩色的袈裟
掀起了一季收获的风
从北魏牵动了西域的琴声
从塞上凝聚了黄河大转弯的波涛
与祥云一起飘动
与梵音一起弥漫
弥漫处，渐渐地
渐渐地演变成抑扬顿挫的凿石声

武周塞虽然苍老，但是他
褶皱的脸颊上
依然有溪水和山里娃在对歌
一起放歌的还有云朵一般的羊群
山里娃用歌谣抹去埃尘

放眼望去
凿石声起起落落之处
有五尊巨大的佛像蓬勃而出

据说那位高僧高高昂起的额头上
有一只苍鹰落下
它朝着巨佛顶礼膜拜
然后冲破五彩云霞直插天外
五个洞窟
就是五只眼睛
它们朝着苍鹰飞去的方向望着
把人间的悲苦和凄凉
传递
同时，也把温暖的光
还有天堂的旨意
接受，变作一场秋风
通过一片一片金色的树叶
还给所有虔诚的灵魂，沉重的大地

疼痛之旅

平城到洛阳
不仅仅是国都南迁
不仅仅是从桑干到黄河
不仅仅是从长城内外到中原
也不仅仅是从太和改制到彻底汉化
这是一台手术
一台自我反省自我开刀的手术
一台不用麻药
切除毒瘤、把伤口简单缝合
忍受着巨大疼痛
直接奔赴战场的手术
奇迹还是发生了
拓跋改元，浴火重生
平城明堂手术后壮歌绕梁
洛阳龙门梵音重起，举国开新天

然而
从平城到洛阳
不是两座石窟的漂移

不是一场游戏
在连绵大雨中完成的迁徙
不是用一个黄帝的英年早逝
换来的各奔东西
真的不是

从平城到洛阳
那是刻在石头上的记忆
刻在魏碑的一撇一捺，字里行间
刻在武周塞佛像的笑容里
刻在伊河岸古阳洞
刻在恒山脚下的悬空寺
刻在逐渐消失的拓跋人，他们的脚趾上
刻在每一个
愿意探寻盛唐来历的悟道者的心上
这种刻，流着血
疼痛难忍
但是既然刻了，痛了，就变成了永恒

太后与一首歌

心莫急心莫急
先有乌云后有雨
这首歌是一个摇篮
在母亲的摇篮里，小冯女她
睁大一双眼看世界
看母亲，看父亲，看哥哥，看一切
爱撒娇的她，变成一只猫
乖乖的，甜甜的

心莫急心莫急
先有乌云后有雨
这首歌就是一种信念
炸雷一般的仇恨被暂时浇灭
那一年灭顶之灾从天降
父亲母亲几天之内离她而去
她的眼睛收起剑锋
洗衣房里忍饥受气，度日如年

心莫急心莫急

先有乌云后有雨
这首歌里飘着一个花园
她与皇宫里的姑母梦幻般相见
抱头痛哭，痛定思痛
眼泪汹涌，从长计议
家风和亲情，思想和品格，理想和追求
都在此黯然绽放，却把芳香紧闭

心莫急心莫急
先有乌云后有雨
这首歌就是一处避难的小屋
当朝皇孙在这里逃过了致命的一击
她默默助力，相伴左右
小曲低吟，微风佛面
皇孙绝地奋起，继承江山
岂能忘却身边那块暖暖的流动的玉

心莫急心莫急
先有乌云后有雨
这首歌是一道雨后的虹
架在两颗心之间
也架在朝廷与黎民百姓之间
作为皇后的她，把柔情和力量

多彩地把龙椅和大殿照耀
亦折射在武周塞的大佛和山堂水殿上

心莫急心莫急
先有乌云后有雨
夫君早逝，天昏地暗
儿皇帝他就是一只跃跃欲试的大鸟
这首歌只是一圈大围栏
它能阻挡了羊群的去留
却挡不住欲望的心，作恶的翅膀
随他在漆黑的深夜坠落，等不到天亮

心莫急心莫急
先有乌云后有雨
太皇太后把这首歌建成一所学校
只开两门课，未来和过去
孝文帝在这里读书、求知
也在这里听雨、踩风、沐日、摸月
进得学校，恶补头脑
出得学校，善行天下

心莫急心莫急
先有乌云后有雨

这首歌好比藏在鞘里的尖刀
又是跳回池塘的鲤鱼
俸禄制、均田制、三长制从泥潭里走来
再到血雨腥风中去
割掉了毒瘤的大魏朝廷
从此恢复了心跳、站稳了身躯

心莫急心莫急
先有乌云后有雨
这首歌就是那西去的仙鹤
驾鹤的女子，就是四十九岁的冯女
过往情仇只是枝头的蝉鸣
江山永固才是多姿的彩裙
莫急莫急，人生不过一场梦
我梦已经醒来，自有来者接替

心莫急心莫急
先有乌云后有雨

琵琶老店

琵琶说，我的忧伤不由我做主
挂在老店，弹在手上
琴弦都在颤抖
从京都到大漠，一步一回头

老店说，我的岁数我不愿意多说
一千年不短，两千载不长
琵琶泪不断线
我就在故事里继续绕梁

昭君说，我的容貌属于家国
属于我的，唯有乡愁
一把琵琶两行泪水
老店在哪里，思念便藏在哪里

从嘎仙洞出发

从嘎仙洞出发到平城
一次旅行
用了几百年
拓跋这双脚
走着走着换了鞋
又换了鞋，之后又换了鞋
走着走着骑上了白马
骑上了黑马，又骑上了枣红马
走着走着停下了
被战火耽搁，又被战火耽搁
还是被战火耽搁
走着走着飞了起来
不同的爱，不同的文化
不同的宗教，还有不同的遭遇
为他安上不同的翅膀
他想不飞都难

几百年过去
一只脚在牛川，一只脚踏入平城

那一夜在火山下
好好地睡了一觉
他做了一个回家的梦
旅行好像并没有结束
第二天的太阳，被激情烧得血红
拓跋这双脚再度出发
这次旅行
又走了一个半世纪
从平城到平城
貌似踏步，却风雨兼程
风雨兼程，却走向光明
从平城，再去往洛阳
貌似南征，却是落叶归根
落叶归根，却遇到了狂风
还是拓跋这双脚
为什么一只脚朝西，一只脚朝东
为什么

干杯，平城

酒杯与酒杯的碰撞
遇到了银碗与银碗的碰撞
在平城这个地方
只要这两种碰撞，撞在一起
被点燃的就不仅仅是酒的度数
还有几个民族的豪气
草原和沙漠的绿洲
还有古城碧蓝的天空和雨后的彩虹

我原谅了
如果酒没有度数
古城怎么能那么多次梦到大兴安岭
去呼伦贝尔抚摸恩和哈达
而且，每一个梦
都能像歌声和马头琴一样驰骋

我明白了
如果胯下没有骏马
那位飘动着红纱裙的少女
怎么会像大山那么威猛

而且，每一次出行
都恨不得走过百年、千年
路过参合陂、嘎仙洞，去西伯利亚

故事里跑来的马

我以为这匹马
从森林里来
带着清冽的山泉水

它可能来自大草原的深处
见到它，就会想起
毡房边的姑娘
她的歌一直在飞跃
在追风

我知道了
它是从遥远的北魏
一路狂奔
从平城到黄河两岸的故事
已经写在马鞍上和马蹄下的原野

知道它是奔我而来
我毅然下来
从一百层的高楼

生命季

云，你在绽放

抬头望
树枝把蔚蓝的天切成许多小块
每一块，你们都可以拿去
我只要那朵云
绽放在心里

疼痛的蓝

从黑色提炼出的蓝
必然是深邃的
关键，这种提炼是疼痛的
我经历过

需要

阳光不需要我的赞赏，只有我
需要阳光给予的温暖
秋日不需要落叶的渲染，只有落叶
需要秋日这样一个博大的胸怀
歌声不需要你的呐喊，只有孤独的你
需要歌声流水般无私的陪伴

大自然不需要人类的保护，只有人类
需要大自然给予最大程度的宽容
夜晚不需要灯火照耀，只有灯火
需要在每一个夜晚到来之后的点燃
灵魂不需要肉体的支撑，只有肉体
在每一次滋长和衰落时需要灵魂的主宰

土地不需要种子的介入，只有种子
在发芽、生根、茁壮时需要土地的滋润
黄河不需要黄土，只有黄土上
要孕育一个伟大民族时才需要黄河的浇灌
历史不需要未来，只有面对未来
才需要把历史打开，蘸着泪水去读它的每一页

听海

把汪洋沿着时间展开
平平地躺在幻想中
聚精会神地做梦
便有惊涛，在礁石上绽开
有芳香
在海岸线上画上一圈，又一圈
然后是没完没了的画
一圈又一圈

把故事顺着大海展开
爱情已经是昨日开过的花
闭住双眼
便有船帆在回忆里撑起，逆着风
你和我
在文字的沙滩上追逐、嬉戏
月光居然也在撒网
将它的影子打捞，再一次打捞

梧桐自语

高大强壮是真
与凤凰的情缘纯属传说
为了天地间这场大戏
我等了她几千年，上万年
从法国，到中国
从南京，再到北京……

一缕阳光照过来，暖暖的
我把斑驳的身躯
再一次挺起来
我把每一片大大的树叶尽量地舒展
为每一只小鸟搭起篷帐
不再做虚无缥缈的神
只愿做寒来暑往的过来人

夏日对金秋的向往

骨子里的夏日
何尝不是一种煎熬
那种在思念和等待中的煎熬
就好比播下的种子
经历过无数次的磨难
烈日炎炎，或者天旱雨涝
最终期盼的，就是
那一颗颗可以摘取，成熟的果

煤的自白

太阳的一粒种子
因为爱的炙热播给了大地
漫长的孕期，上万亿年
才有了坚硬如铁的我

母亲受孕的时候
我是森林，我是树木
攀附在地球的表面
山川与河流滋养着我的生命和传说

都说是大地沉睡太久，它要翻身
其实是让我住在母亲华丽的子宫
我的的躯体成了黑色
不变的是一颗阳光的心在闪烁

太久太久的孕期
谁还记得那场轰轰烈烈的爱
然而滚烫的心，来见证
太阳的儿子就是我

人类贪恋我
他们剖开母亲的腹部
将一块一块的我，挖出
竟然是为了将我变成熊熊燃烧的火

其实，我明白
我丑陋的身躯，他们并不稀罕
他们最终要燃烧的，是我的心
用我的心，装点他们的王国

人类与我
我们拥有共同的母亲
我知道，我的宿命就是燃烧
只有燃烧，我的生命才绽开花朵

大家是兄弟，可是
我的年龄比人类大出许多许多
除了人类，这里还有我无数的兄弟
我劝你，不要一意孤行，错上加错

母亲的腹部已经装好了拉锁
一觉醒来，母亲的子宫，只剩下半边的我

真有一天，我被掏空，燃尽

我担心孤孤单单的人类呀，该如何苟活

你是一朵六瓣花

世上有几种六瓣花
我不知道
你是最小的
你是最冰冷的
你是最傲慢无礼的
你是不愿意与其他花朵同行的
你是只要绽放，就要随之飘落的
你是宁可让无数的花朵堆积成山
也不愿意变成插花，装点我无味生活的
你是从不让人知道
绽放你的枝头在哪里，它是什么样的
你是只会让人，体会纯洁和晶莹剔透
却不让人感受丝毫温暖的
你是让人们温好了烧酒，炒好了菜
围坐在窗前期待着欣赏的

七夕遐思

七夕
牛郎与织女相会
天文学家说
那是两颗星的必然轨迹
老故事却说
那是两颗心信守的承诺
茫茫银河系传来笑声
轨迹如何
承诺又怎样
没有银河他们在哪里相见
许许多多颗星的坚守才可贵
许许多多的命运
流淌在一起
你中有我，我中有你
才有这银河

雨天

是亲近大自然的机会
你当时在干什么
匆匆而过
还是在雨伞下漫步
跑着回家
还是把身体和心交给她
让她尽情地吻
不是酷暑难捱吗
她来了，她把爱化作雨滴
她要一滴一滴地给你
你为何离去

爬山虎自白

世界上所有的虎
都不会像我
静静的，一声不吭
您不要误会
我不是在潜伏
等待威风八面的那一天
我既没有穿过百兽之王的外衣
更没有横行生灵的动机
我紧紧地爬在墙上
用夏日的绿色和秋日的艳红
为他人做掩护
遮挡阳光，遮挡风和雨
即使冬天的风
把我的衣服剥得精光
我的身体依然会爬在那里
履行我终生的承诺
别笑我，我真的不是虎

花甲抒怀

我们也有过读书朗朗
大庙的小燕子盘旋在头顶上
那时候我们人不大，个子还小
大革命的呐喊声却一浪高过一浪

我们也曾含苞欲放
稚嫩的脸蛋，急切的心脏
无数个孩子高呼口号
早熟的双手，绽放在大殿前的操场上

我们也去过田野和农庄
在长途跋涉、参加劳动的学农路上
单薄的身躯淌出了无数的汗珠
还以为学生生活，原本就应该是这样

我们也曾学工、学军
也曾挖掩体，踢正步，吃过公粮
也曾拉练、刺杀，也曾扛枪
也曾扮演英雄，坚守鼓楼，占领城墙

一眨眼五十多年过去，老同学聚会
有的抱头痛哭，有的还在畅想
见面就是情缘再续，浴火重生
退休咋样，有病咋样，富贵又能咋样

忆过去，故事接着故事
笑今天，下一代总比我们强
见一见吧，抱一抱吧，唱支歌吧，喝杯酒吧
我们至少还能手握着手，肩膀靠着肩膀

岁数大了不可怕，我们的心不老
去他的六十花甲，去他的心灵鸡汤
我们总比共和国小十岁
共和国正当年，我们还是快乐的儿童团长

岁月的第六十二页

霜降是一片叶子
被风吹到我的手边
它红得像火
暖到了我的心
我小心翼翼把它收起
就放在岁月的第六十二页

奔跑

是命中注定的
势不可挡
其实就是一种职业精神
白马，不再做那
王子的梦
黑马的奇迹
也不过是骗人的
脚踏实地
不遗余力
才是不变的真理

春雪

你知道我的心意
你把冬日的雪花绽放在春天
你了解我的想法
你把对冬日的埋怨
变成了对春、夏和秋的奉献
雪花在我的额上、脸上落下
带着你生命的气息
雪花在屋顶、树杈和路边落下
带着你无尽的缠绵
然而，我在困惑和疲倦的缝隙里
看到了你抖动的翅膀
你飞过夜的阑珊
飞过清晨的迷离
把你的爱恋播种在苍穹
一刹那，便有圣洁的梨花千万朵，千万朵
把美丽和自由洒向人间

步度之诗人

诗人的步伐
总与激情有关
用激情丈量生命
每一次燃烧，都是一次成长
烧成灰烬，意味着
一个新的生命
即将亮相

诗人的呼吸
总与爱恨有关
每一次真爱，都有一曲歌唱响
假如有恨，就连休止符都在冒火
借着风，把火烧旺
可以在烈火中噼啪作响

诗人的道路
总与正义有关
正义往往有荆棘相伴
每一次伤痛，才有爽朗的笑

面对万丈深渊，绝不后退
奈何桥又拿他奈何
哈哈，他要把地狱照亮

草对鱼儿的表白

绝不与你争宠
只愿终身厮守
水是我的生命
更是你的宫殿
你只管尽情地呼吸
你只管畅快地游戏
风来了雨来了
我来告诉你
因为我一半在水中
一半留在外边
累了的时候，你可以
留在我的左右
听我说说外面的世界

小鸟与豪车

豪车是别人的金翅膀
我不要搭乘
快乐是我的风筝
身边的人都可以与我一起飞翔
金翅膀太重
水晶做的又能怎样
我要的是飞翔
飞到哪里，哪里就是我的天堂

大雪三月三

说好了一夜春雨
还给大地一个爽朗的滋润
一觉醒来，传来的
却是满园的雪讯
于是，匆匆忙忙赴约
去读久违的雪
翻开一页，原来
还准备了即将绽放的花蕾
归来才知，是春姑
请回了腊娘
为了爱
要把三月装成新房

父亲

年幼的时候
父亲是一双大手
他能把你举到天上
也能把你揽在怀里
在那个时候
你的世界被父亲的这双大手
放大了千里、万里

刚背上书包的时候
父亲是一辆单车
载着你上学和回家的路
载着你的无忧无虑
载着你跃跃欲试的好强
载着你人生第一次梦幻
就像你那没完没了、喋喋不休的好奇

你外出读书的时候
父亲是你身后的目光
让你感觉到了温暖和坚强

坚定了你的脚步
走出无聊的巢穴
一个人去面对五彩缤纷的挑战
面对彩虹到来之前的雷电和风雨

你成家的时候
父亲是村头的老槐树
当他把你的手交给另一只手
当他让你的手接受另一只手
他也把爱完成了再一次无私的传递
默默无闻无可替代心甘情愿地
支撑了你未来的甜蜜
支撑了你通往幸福的桥
阻挡苦难的坝堤

在你人生辉煌的时候
父亲是停泊在河边的老船
不再远航
不再扬帆
半个身体陷在泥泞和沼泽
半个斑驳的身体与你一样迎接
乌云的到来，瓢泼的夜雨
狂风把阴霾吹散，太阳又一次升起

他一直就在，一动不动
船舷闪着黝黑的光泽
不管你在哪里

当你的航船即将靠岸的时候
父亲是一处废弃的村落
好久没有炊烟飘起
好久没有雄鸡高歌
好久不再迎来远方的客人
好久不再，不再有悠扬的胡琴
有的，只是那条不舍离去的老狗
发出的声音奄奄一息
对着过往，也对着明天
东边的日头兴许还会升起

有感于耄耋同学

聚会是留声机
而同学是一张张的老唱片
留声机一直都在
唱片却只剩下三张两张
听，吱吱扭扭的
还在唱
如泣如诉

月亮上的村庄

做梦是童年的味道
最美的梦，是把一块月饼
带到月亮上的村庄
一掰两半
一半留给我
一半给嫦娥品尝

月亮上的村庄
是在云朵里播种、收割
在故事里构建各自的小房
梦醒时分，那块月饼还在
上面落满了幻想和眼泪
真是少年与神话第一次碰撞

母亲居然会做月饼
其实母亲最拿手的是打补丁
随处可见，在我的衣服上
在我上学的路上
在我人生的许多节点上

在她亲手用故事搭建的亭台上

母亲走的那天，是菩萨的诞辰
她这一走，也拆垮了我的心房
母亲那里的小桥、小河、小屋
就是月亮上的村庄
于是我的梦，不再犹豫，驾起了航船
往返于思念与泪水的汪洋

如今爬过花甲的我
不再唏嘘繁华的升迁
缘分的奇遇，世态的炎凉
生命的鱼竿，甩向昨天
钓起的都是陈年往事
母亲的走西口，母亲的白菜汤

月到中秋，那玉盘上的瑕疵
是母亲的唠叨，是母亲的惦记
是母亲精心打理的村庄
管它泪雨霏霏，管它云遮雾罩
我只要闭住沉重的眼睛，撑起船帆
驶向母亲泪如泉涌的地方

夏日的尾巴

秋天是雨水冲过来的
然而北京的秋
似乎，雨水是无奈的
秋日是一只猫
它瞬间咬住了夏日的尾巴
从那一瞬起
它立刻变得狂躁不安
含在嘴里的尾巴根本无法下咽
发出虎一般的吼叫
滚烫的尾巴吐了出来
酷日似乎还要把尾巴拉长，再拉长
入夜，那只猫一跃而起
越入一场梦境
摇身一变，是巨大的身躯
月亮被它一把抓下
搂进怀里
亲昵，撒娇，极尽温情
天亮了
梦醒了
夏日的尾巴依然在那里摇摇晃晃

别样探索

他在垃圾桶里探索人生
许多年，乐此不疲
每一个倒垃圾的人
便都是上帝

垃圾桶一字排开
就像一列从明天开来的火车
这里面只会有他的宝贝
没有人与他争夺

低头去探索，抬头见阳光
他的筛选和整理
一切按照别样的节奏进行
他的探索，支撑着
他的岁月和快乐
这，不需要他人来解读
他的土壤，滋生着
他的逻辑与价值
这，不需要他人的效仿和认可

面对歧视、耻笑
当然也有尊重、谦卑
换来的全都一样
是他感恩的笑
莫怀疑，那是由衷的

婴儿车

婴儿的时候
车就是父母的双手
老了的时候
我是那位推车的人

蘑菇

月亮也会做梦
却被一场风
把美梦吹得零零散散
风哪里知道，月亮也不知道
美梦落在田野、山坡和树林里
长出许多小小的月亮

树叶

入秋了
叶子才成了主角
就那么任性
说变脸就变脸
红着脸给树根看
如果有风，那就
来一次说走就走的旅行

树叶的家
树说了不算
入秋了，叶才算长大
它要飞
它要闯世界
它要寻根问土
土说，你总算回来了

回家了
它见到了前辈
还有前辈的前辈

听它们讲过去
还有过去的过去
它哭了，想起小时候
被阳光照着，被雨淋着
听风唱着摇篮曲

猫咪的家教

其实，老虎也不想伤人
才会有猫咪与我们纠缠不清

猫咪，她就是老虎的使者
做出各种可爱状
在我们身边讨生活
什么都不用做
只需贪睡和游戏
便可像贵妃一样的娇无力

猫咪不需要作战
抓老鼠的事儿
那只是书本里的过去
她爷爷的爷爷都不记得了

妈妈告诉她
千万不可惹主人生气
那叫作孽
下辈子就会投胎成一只虎

让你到深山老林
在腥风血雨里谋生
她听懂了，喵一声睡去

坚强，在告别中

树叶是树的孩子
出生在春天，死亡在深秋
每年如此
走了一茬又一茬

树的身躯长满了眼睛
这些眼睛从来都不看世界
只是默默地流泪
为树叶，也为了自己

泪水藏在深深的皱纹里
不必让树叶知道
既然要走
就让它走得潇洒

树叶的宿命
就是短暂的辉煌
而自己的宿命，就是
在无数次告别和洒泪中学会坚强

秋日到了
又会有一树的精灵失落
而，树在痛苦中
挺拔

思念

耕耘长夜
种一粒太阳
给失眠的我和母亲
照一道光
思念就是翅膀
我这就起飞
母亲在光的那头等我

被诗歌带走的诗人

走与不走
去哪里，怎么去
绝不能让病魔去选择

他走了，把诗歌
套在自己的脖子上
他走了，在远方
重新构建自己事业和花园

地狱也曾为他吟唱
那天籁般的声音，居然
是从医院的各种插管里发出
于是，噩梦被吟唱惊醒

细细想，这辈子
能给家人的太少太少
这次把礼物留在梦里
不能是痛苦，必须是微笑

他走了

还有诗歌在上演

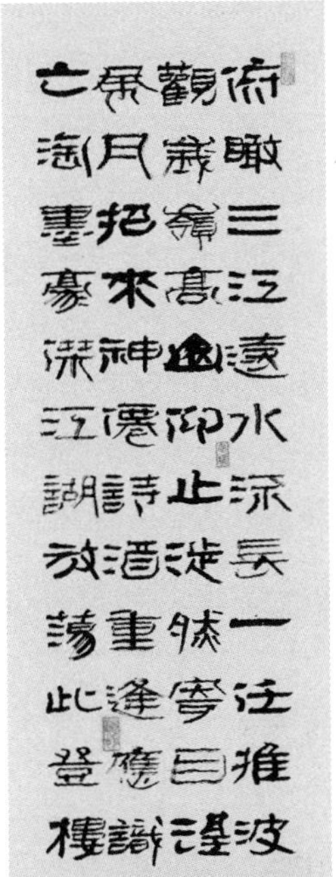

蜡烛

老师是蜡烛
学生是光
那些让我刻骨铭心的蜡烛
有的还在燃烧
有的只留下不朽的泪痕
如今学生已过花甲
业未成，鬓已霜
被蜡烛照耀过的心
还痴痴地跳动
照过的脸颊
依然炽热而通红
几度做梦拜倒在蜡烛之下
醒来是泪水汪洋
只愿来生也做一支蜡烛
不求光照久长，只求
在夜色降临时，曾经点燃
曾经闪亮

不一样的诗人

有的诗人
是把生活秘制了，享用
把生活发酵了，欣赏
把生活灌醉了，疯狂
有的诗人则是
把几种不同的生活粉碎了，搅拌
炮制一种新的生活
更有一种诗人是
把生活腌制了，晾干了
或者干脆做成罐头
搁置一边，储藏起来
拿出来再品尝
味道里饱含了许多沧桑、煎熬和风霜

对话

小的时候
眼睛说世界是艳丽的
鼻子说世界是美味的
耳朵说世界是动听的

长大成人
眼睛说色彩是迷离的
鼻子说生活是多味的
耳朵说人间是嘈杂的

闯荡江湖
眼睛说光鲜的一面也许是阴暗的
鼻子说芳香的缔造者也许是腥腐的
耳朵说赞美的作者也许是被逼无奈的

告老还乡
眼睛说没有好看，没有不好看
只有你的和我的
鼻子说没有香与臭，也没有苦辣酸甜

只有合适的和不合适的
耳朵说没有褒奖，也没有诋毁
只有真心的和虚情假意的
在另一个世界里
眼睛说，闭着眼睛我都能看
鼻子说，我不用鼻子也能闻
耳朵说，对于我随便什么都是一个调儿

真心话不冒险

公鸡说出了真话
我不叫，太阳一样出来
但是到时候我还得叫
太阳不再傲慢了
我不出来，人们照常活着
但是我不出来憋得慌
人们也不说假话了
我不活着，地球还会转动
与其那样，我何必呢

公鸡告诉母鸡
我崇拜你，你才是真英雄
太阳告诉月亮
我欣赏你，你活得才叫浪漫
人们告诉地球
我一定保护你，你玩完了一切都完了

夜已浓，歌在飞

入夜，有一首歌
飞在宁静的树林里
歌声抚摸着我
我抚摸着过往的岁月
我的魂灵走了
随着那首歌
飘浮在一个很深的洞里
还可以再往里飘下去
是的，我愿意就这么飘下去
一直到很久的未来
我依偎着歌声
歌声驮着我
没有害怕，只有向往
没有灯光
心里却很亮很亮
没有翅膀
记忆却一直在天籁里飞翔

辛丑年立春

辛丑年的春要立在哪里
那就在这里吧
这里是一片黄土地
盼了一整个冬日
没有见到一场淋漓酣畅的雪
却总有梦在这里酿造
这是一个夜晚
我温了一壶乡情
坐在窗前自斟自饮
小年她多情，不请而至
我根本没有搭理
哪曾想她抽出一道月光
直刺过来
把我的爱，我的思念
袒露得干干净净
立就立吧
春是一朵被点燃的烟花
挡是挡不住的
只能让她自由地绽放

第一个 8

人生第一个 8
原来它是两个 3
第一个 3 站立着
第二个 3 睡着了
第一个 3，它就是一座山
第二个 3，它是山的倒影
你愿意推着一个 3
拖着另一个 3
沿着 8 的轨迹走下去吗

问装卸工

这没什么
洗完了，清水也不清了
我这老脸，用泥水洗一样的
它只要降个温

这没什么
冷？冷了就好了
胸和脊背袒露了好几年了
那里的火一直浇不灭

洗它干什么
手和脚上的黑是洗不干净的
娃每天都要吃饭
当爸的路还没有走完

剪指甲干啥
不要再问了
所有能说的不能说的故事
都在指甲缝儿藏着呢

风

风，把自己撕成碎片
一片给水
变成了浪花
变成海啸
有时候也会变成涟漪
将那爱情画成一圈又一圈的歌

一片给树
剪成形状各异的树叶
剪成芬芳的花
也剪成冬天的雪
把所有的树枝在蓝天下涂成白色

一片给你
带着你流浪
带着你所有疲惫回归故里
带着你把文字酿成酒
一杯敬天地
一杯敬生活
一杯敬自己

暴风雪已经把岁月折腾够了
而你还没醒来
傻傻地、醉醉地、开心地笑着

母亲，就是痛

母亲就是忍受巨大疼痛
生下你，又感觉到
从未有过的快乐
那个幸福的人

母亲就是那个
为你收拾屎尿，从来
不感觉到臭，看着你的眼睛
愿意为你做一切的人

母亲就是扶着你走路
教给你说话，喂你吃饭
给你穿衣服和鞋子
两只眼睛从不愿意离开你的人

母亲就是知道你打架了
不问青红皂白，先揍你一通
警告你要善待弱者
在角落里偷着抹泪的人

母亲就是第一次带你上学
第一次为你包书皮
第一次帮你在学校生炉子
第一次在灯下看着你写作业的人

母亲就是，你考了前三名
她觉得无所谓
劝你不要骄傲，比你好的孩子有的是
在外人面前很自豪的人

母亲就是你去上大学
她为你默默整理行李和衣服
告诉你，父母不在身边
要一个人坚强地面对一切
然后让你自己走出家门，而她在窗口
偷偷看着你的人

母亲就是盼着你工作
等你有了工作，又盼着你回来
有几天不见你
不见你的来信、你的电话
就如坐针毡，无法入眠，白发滋生

恨不得买了车票去看你的人

母亲就是成天叨叨着
你的婚姻，为你张罗娶媳妇
媳妇娶回家，她告诉你
一定不会问你，妈妈和媳妇都掉河里
你会先救哪个
看着你和媳妇亲热劲儿
她却有一点失落的人

母亲就是为子女
一辈子甘愿吃苦，所有的好
只愿意留给儿孙
孩子们的疼痛
她只会比孩子们更加疼痛
关键时刻恨不得
替子女受苦、受罪
甚至去坐牢、舍出生命的那个人

母亲就是自己老了
不愿意拖累孩子
却每天盼着与孩子们见面
哪怕只是十分钟

她也能高兴得乐开了花
你为她洗了一次脚
你走了之后，她会逢人便说
说很久很久的那个人

母亲就是看着身边的子女
知足地闭上眼睛
去和观音相见
从此以后一直让各路菩萨
保佑儿孙吉祥
离开人世依然把自己遗忘
这辈子你欠了她
几辈子也不用还给她
她的离开，让你痛苦得撕心裂肺
每每想起她，都让你落泪的
那个最亲最爱的人

拥抱，是一首诗

太阳给我们的拥抱
不用提醒
不用向她献媚，每天她都会那样
有时候，太阳被乌云遮挡
我们期待的双手张开着，等待着
这时候，雄鸡数声高唱
雄鸡的歌
告诉我，不要等了
今天的拥抱
是一首诗

落叶用眼泪说话

秋天回报大地的
除去丰收，还有落叶
几代落叶，它们都搅在一起
刚离开枝头的
还带着几滴眼泪的述说
哼！没有我的渲染
秋天算什么
凭什么不再要我
顿时安静了
有安慰声，不要哭了
这是命
前辈在土壤里闷声不言
让她哭，哭是修炼
没有我们这样的蓄势
这样的酿造
哪里还有春天
下一个，下下一个春天的芳华

永和九年歲在癸丑暮春之初會于會稽山陰之蘭亭脩禊事也羣賢畢至少長咸集此地有崇山峻領茂林脩竹又有清流激湍暎帶左右引以為流觴曲水列坐其次雖無絲竹管弦之盛一觴一詠亦足以暢敘幽情是日也天朗氣清惠風和暢仰觀宇宙之大俯察品類之盛所以遊目騁懷足以極視聽之娛信可樂也夫人之相與俯仰一世或取諸懷抱悟言一室之內或因寄所託放浪形骸之外雖趣舍萬殊靜躁不同當其欣於所遇暫得於己快然自足不知老之將至及其所之既惓情隨事遷感慨係之矣向之所欣俛仰之間以為陳跡猶不能不以之興懷況脩短隨化終期於盡古人云死生亦大矣豈不痛哉每攬昔人興感之由若合一契未嘗不臨文嗟悼不能喻之於懷固知一死生為虛誕齊彭殤為妄作後之視今亦猶今之視昔悲夫故列敘時人錄其所述雖世殊事異所以興懷其致一也後之覽者亦將有感於斯文

東晉王羲之蘭亭序

丁酉仲春月丛齋主汪勇書